痴人之爱

北京联合出版公司
Beijing United Publishing Co.,Ltd.

[日] 谷崎润一郎 ———————— 著　竺家荣 ————译

雅众文化　出品

一

下面我打算将我们这段世间罕见的夫妻关系，尽可能坦诚、如实地书写出来。这对于我自己是令人难忘的宝贵记录，对于诸位读者，想必也会具有某种参考意义。尤其是现在，日本渐渐敞开了国门，日本人与外国人交往日趋频繁，各种各样的主义或思潮大量涌入，男人姑且不说，连女人都纷纷赶了时髦。既然社会风潮如此，相信迄今比较异类的我们这种夫妻关系，不久的将来也会发生在各位身上，故而生出此念。

回想起来，我们夫妻从结合之初就有别于一般人。我初次遇见现在的妻子，是整整八年以前，具体是几月几日，我记不得了，只记得那时，她在浅草雷门附近一家钻石咖啡店里当女招待。她刚刚虚岁十五。所以我遇到她的时候，她还是个刚进咖啡店不久的新人，不是正式的女招待，只能算是学徒。总之一句话，也就是个女招待的雏儿。

那时已二十八岁的我，何以会注意到这么个孩子，连自己也稀里糊涂，大概是听那孩子的名字，很有好感的缘故吧。别人都叫她"阿直"，我偶尔问了一下，她的名字其实叫奈绪美[1]。"奈绪美"这个名字引起了我的强烈好奇。"奈绪美"这名字真好听，要是写成洋文的"NAOMI"，岂不是跟西洋人一样了？从那以后，我就对她留心起来。说来也怪了，这名字起得洋气，便觉得她的长相也像西洋人，感觉也聪明伶俐了，我渐渐觉得这个女孩子，在这种地方做女招待着实可惜。

实际上，奈绪美的相貌，和女演员玛丽·皮克福特[2]很相似，确实很像洋人。这绝非是我情人眼里出西施。即便她成为我的妻子后，许多人也是这么说的，可见不是我瞎说。不光是相貌，脱了衣服之后，她的身材就更像洋人了。当然这是后来才知道的，当时我还没了解到那个程度。只是看她穿着和服都这么美，便朦胧地想象，有这等身材，四肢也难看不到哪儿去。

一个十五六岁少女的心思，除了亲生父母或姐妹，外人很难知晓。所以要是问我，在咖啡店打工时的奈绪美是个什么样的女子，我也给不出明确的回答。恐怕问奈绪美自己，她也只会回答，那时候对什么事都很感兴趣。不过在旁人看来，只当

1　"直"的日语发音是"NAO"，"奈绪美"的发音是"NAOMI"，估计其他人以为其名字的汉字是"直美"而这样叫她"阿直"的。

2　玛丽·皮克福特（又译玛丽·璧克馥）：美国电影演员，制片人。

她是个忧郁寡言的女孩子。她脸色有些苍白，肤色暗沉，犹如几块透明玻璃叠在一起似的，看着不太健康的样子。这主要是因为，她刚来这里打杂，不像其他正式女招待那样涂脂抹粉，也没有熟客和好姐妹，总是一个人躲在角落里，不言不语地干活，所以给人这个印象吧。我感觉她很乖巧，恐怕也是这个缘故。

现在，我有必要介绍一下自己的经历。当时我是一家电力公司的工程师，月薪一百五十日元。我出身于栃木县的宇都宫郊外，在家乡初中毕业后，就来到东京，进入藏前高等工业学校学习，毕业后不久便谋了个工程师职业。除了星期日外，我每天从芝口寄宿处到大井町的公司上班。

由于我一个人住寄宿屋，又有一百五十日元月薪，生活自然颇为松快。而且，我虽是长子，却没有给乡下的母亲和弟妹们寄钱的义务。这是因为老家经营着颇有规模的农业，虽然父亲不在了，但是有上年纪的母亲和忠厚的叔叔婶婶料理一切，不用我操心，所以我过着逍遥自在的生活。虽如此，我并不好吃喝玩乐那套，算得上是一个模范工薪族——俭朴、诚实，平庸得过于单调乏味，毫无怨言地认真完成每天的工作——当时我就是这样的一个人。提起"河合让治君"，公司里上上下下，都会给出"君子"的评价。

至于我的娱乐，充其量就是傍晚去看看电影，或是去银座大街上散步，偶尔咬咬牙去帝国剧场看一出戏剧。按理说，我是个未婚的青年，当然不反感和年轻女性接触。只因我是乡下来的粗人，不善与人交际，也从来没有和异性交往过，才有了"君子"之名吧。其实，我只是表面上很君子，内心可一点也不老实，不管是走在街上，还是每天早上坐电车上班时，从没有松懈过对女人的观察。恰恰在这个时期，这个叫作奈绪美的女人出现在我面前。

其实，当时我并不认为没有比奈绪美更漂亮的女人。在电车里，在帝国剧场的走廊上、银座街头这些地方，擦肩而过的年轻女子当中，比奈绪美长得美丽的人比比皆是。奈绪美成人后是否会出落得花容月貌，是将来的事，才十五六岁的少女，今后的发展让人期待，又让人担忧。所以，我最初的想法，不过是先把她带回家，照料她的生活。如果有培养的资质，也可以让她接受良好教育，并娶她为妻。仅此而已。我这么做，一方面是同情她，另一方面，也是想给自己过于平淡而单调的日子多少带来些变化。说老实话，我早已厌倦了长期一个人住寄宿屋，试图给这乏味无趣的生活添加一点色彩和温情。为此，哪怕再小，我也想拥有一栋属于自己的居所。这样就可以布置房间，养些花花草草，在洒满阳光的露台上挂上鸟笼子什么的，至于做饭、打扫卫生，也可再雇个女佣。如果奈绪美能来的话，她就可以充当女佣之职，也不用养小鸟了。我就是这么打算的。

要问我既然这么向往家庭生活，何不娶个般配的妻子，正式组建家庭呢？这是因为，当时我还没有走进婚姻的勇气。关于这个问题，必须详细说明一下。说到底，我是个平庸的人，既不喜欢也做不出来那些特立独行的事，匪夷所思的是，对于婚姻大事，我却持有相当超前而时髦的想法。一提起"结婚"，大多数人都是倾向于因循守旧，追求那套烦琐的陈规陋习。第一步要有介绍人从中牵线搭桥，探明双方的态度。接下来要进行"相亲"。如果双方没有异议，则正式聘请媒人，交换聘礼，将五件或七件或十三件嫁妆送到夫家。之后是新娘出嫁、新婚旅行、回门等一整套烦琐的程序。这些繁文缛节是我最讨厌的。自己要是结婚，就要采取更简单更自由的形式。

那时候，倘若我想结婚，候选者是不乏其人的。我虽来自农村，但体格健壮、品行方正，而且，自己说也许不太合适，本人的相貌还不算差，在公司里的评价也不错，所以，谁都会乐意给我张罗亲事的。可是，我偏偏不喜欢别人给我"张罗亲事"，这也是没办法的事。即便对方是个大美人，只凭一两次相亲，岂能了解对方的脾气秉性。只凭着"看样子还可以""长得蛮漂亮的"等一时的印象，就决定自己一生的伴侣，这种蠢事我怎么能做呢。由此看来，把奈绪美那样的少女带回家来，亲眼看着她一天天成熟后，喜欢的话，就娶为妻子的方式是最理想的。再说我这个人原本就不贪恋有钱人家的千金小姐，也不追求受过良好教育的摩登女郎，所以像奈绪美这样的就足够了。

我还觉得，找一个少女做朋友，和她朝夕相处，亲眼看着她成长发育，以做游戏般轻松愉快的心情，住在一个屋檐下，这样的生活，有着不同于正式成家的别样情趣。也就是说，我是和奈绪美一起天真无邪地玩过家家，过宽松自在的单纯生活，而不是像"拖家带口"那样有各种累赘。——这就是我的愿望。实际上，在当今日本的"家庭"里，衣柜、长火盆、坐垫等物件都是标配，不可或缺。丈夫和妻子、女佣，各有分工，还得和左邻右舍、亲戚朋友维持良好关系，为此还需要额外增加开支，本可以简单了结的事，也变得复杂起来，家境拮据对于年轻的职员来说，绝非愉快的事，也不是好事。在这一点上，我相信自己的计划确实是个好主意。

我第一次把这个想法告诉奈绪美，是认识她大约两个月后了。在那期间，我一有空就去钻石咖啡店，制造各种机会和她接近。奈绪美喜欢看电影，我就在休息日和她一起去公园里的电影院看电影，回来的路上，顺便去小西餐馆或荞麦面馆吃东西。不爱说话的奈绪美，在这种地方也很少说话，不知她觉得愉快还是无聊，老是没有笑模样。虽如此，我邀请她时，她从没有拒绝过，总是很温顺地回答"好的，去也行啊"，不管带她去哪儿都跟着去。

我不清楚她怎么看我，出于什么心理愿意跟着我出去，她还是个单纯的孩子，还不懂得以怀疑的眼光看待"男人"。我猜想，她大概是觉得，这个"叔叔"可以带她去看喜欢的电影，还经常请她吃饭，一起出去玩，只是出于这种极其单纯天真的想法吧。而我也把她看作一个孩子，满足于她把我看作温和亲切的"叔叔"，对她并不抱有超出这种关系之上的企图，也没有在举止上有所表露。至今回想起那个时候清纯的梦境般的岁月，就像生活在童话世界里一样，我很想重新回到那纯洁无邪的二人世界去。

"怎么样？奈绪美，看得到吗？"

每当小影院里坐满了人，没有空位的时候，我们就站在最后面看，这时我总是这样问她。

"一点也看不见哪。"奈绪美使劲踮起脚，从前面观众脑袋的缝隙间窥看。

"这样也是看不见的，你不如坐在这横木上，扶着我的肩膀看吧。"

我这么说着，把她从下面托到高高的栏杆横木上坐着。她两腿悬空，一只手扶着我的肩膀，终于心满意足地盯着银幕看起来。

"好看吗？"我问。

"好看。"

她只是这样回答，从来没有兴奋得拍手，或是欢喜地蹦跳过，就像一只聪明的小狗倾听着远处的声音那样，默默地睁着一双温顺的眼睛，望着银幕，看她这副表情，就知道她非常喜欢看电影。

"奈绪美，你肚子饿不饿？"

"不饿，现在什么也不想吃。"

有时候她这么说，但是肚子饿的时候，她会直截了当地回答"饿了"。我问她想吃西餐还是荞麦面时，她总是想吃什么说什么。

二

"奈绪美，你长得很像玛丽·皮克福特啊。"

记得好像是某一天晚上，看完那个女演员演的电影后回家的路上，我们在一家西餐馆吃东西时，我曾谈起这个话题。

"是吗？"她说，并没有露出多么高兴的表情，只是奇怪地瞧着突然说出这种话来的我的脸。

"你不觉得吗？"我又问了一遍。

"我不知道像不像她，不过，大家都说我长得像混血儿呢。"她平静地回答。

"那是自然，首先你的名字就与众不同啊。奈绪美这么洋气的名字，是谁给你起的呀？"

"我不知道是谁给起的。"

"你爸爸还是你妈妈呢？"

"不知道是谁……"

"那么，奈绪美的父亲是做什么生意的？"

"我父亲已经去世了。"

"你母亲呢？"

"妈妈倒是在……"

"有兄弟吗？"

"兄弟很多，哥哥姐姐妹妹……"

后来我也常常跟她谈起此类话题，但是，每当我问起她的家庭情况，她便显得不太愉快，支支吾吾的。所以，一起出去玩的时候，我们大都是前一天约好，在某公园的长椅子，或是观音堂前会合，她从来没有搞错过时间，也没有爽约过。我因为临时有事而迟到时，担心"她等了那么长时间，会不会已经走了呢"，到了那儿一看，她仍旧老老实实在那个地方等着呢。一看见我，就猛地站起来，快步朝我走过来。

"对不起啊，奈绪美，让你久等了。"我这么一说，"嗯，等了半天。"她只说这么一句，并没有露出埋怨的表情，也不像是生气的样子。有时候约好在长椅子会合，但突然下起了雨，我很担心，去了一看，她就蹲在池边的那个什么小寺庙的房檐下，还在等我呢，看到她这样子，真叫人心疼。

每次一起出去时，她都穿着大概是姐姐穿过的旧铭仙绸衣服，系着友禅薄呢腰带，头发梳成日本式的裂桃髻，淡淡地涂上一层白粉。而且总是穿着虽有补丁，却很合脚的好看的白布袜。我问她为什么只有休息日才梳日本发髻，她只说是"家里

9

人让我梳的"，仍旧不详细解释。

"今天晚上回来晚，我送你回家吧。"

我再三这样说。她总是说："不用了。这么近，自己能回去。"走到花园的拐角时，奈绪美就说声"再见"，朝千束町的巷子那边吧嗒吧嗒跑去了。

没必要细说那个时候的事，不过，记得有一次，我对她说了好多心里话。

那是在淅淅沥沥下着春雨的温暖的四月末。那天晚上，咖啡店正好没什么客人，非常安静，所以我坐在桌前，小口喝着酒，喝了好长时间。我这么一说，好像我特别能喝似的，其实我的酒量根本不行，所以要了女人喝的淡淡的鸡尾酒，为了打发时间，一小口一小口地啜着罢了。这时，她给我端来了酒菜，我就借着几分醉意对她说道：

"奈绪美，你在这儿坐下。"

"有事吗？"

奈绪美一边问，一边顺从地坐在我身边。我从口袋里掏出敷岛烟，她立刻给我划着了火柴。

"不要紧的，你就在这儿陪我说会儿话。……看样子今天晚上也不太忙。"

"是啊，很少这么清闲呢。"

"每天都很忙吗？"

"忙啊。从早忙到晚……连看书的时间都没有。"

“这么说，奈绪美喜欢看书了？”

“是，喜欢看。”

“一般看什么书呢？”

“看各种杂志。只要是出版物，都喜欢看。”

“真不简单哪。你既然这么爱看书，应该去上女子学校啊。”

我故意这么说，窥探着奈绪美的表情，也许是触到了她的痛处，她顿时绷起脸，眼睛盯着别的地方，但她的眼里明显浮现出悲伤而苦闷的神情。

“怎么样，奈绪美，你真想学习吗？要是这样，我可以出钱送你去上学。”

见她仍然沉默着，我就换成安慰的口气：

“好吗？奈绪美，不要闷着，有什么想法就说说吧。你究竟想要做什么？想学什么呢？”

“我想学英语。”

“哦，英语呀……只有英语吗？”

“还想学音乐。”

“那好，我给你出学费，去学习学习好不好？”

“可是，上女子学校已经太晚了，我已经十五岁了。”

“没关系。和男人不同，女子十五岁也不晚。而且只学习英语和音乐的话，不去女子学校，也可以请老师教你。怎么样，你想好好学学吗？”

"想学是想学……你真的帮我吗？"

奈绪美说完直勾勾地盯着我的眼睛。

"啊，当然是真的了。不过，奈绪美，要是去学习的话，就不能在这儿工作了，你愿意吗？如果你愿意辞掉这个工作，我也可以领养你，负担你的全部生活费用……我想要担负起全部责任，把你培养成一个出色的女人。"

"好呀，要是能这样就好了。"

她毫不犹豫地当即回答，对她如此干脆地回答，我着实有些吃惊。

"你是说辞了这儿的工作吗？"

"是的，辞了。"

"不过，奈绪美，即便你愿意这样，你妈妈和哥哥会同意吗？是不是要问问家里的意见呢？"

"家里的意见，不问也没关系。谁都不会说什么的。"

看得出，她虽说嘴里这么说，其实还是很在意家里态度的。因为以她平日的习惯，是不愿意让我知道自己的家庭内幕的，所以故意装出满不在乎的样子。我虽然并不打算勉为其难，但为了实现她的愿望，还是必须去她家里，跟她的母亲和兄长好好谈一谈。后来，我们之间随着谈话的深入，我屡次提出"让我跟你家人见一面吧"，她都显得不太高兴，真是不可思议。

"不用了，你不见他们也行。我自己跟他们说。"每次她都是这样回答。

为了已经成为我妻子的她，为了"河合夫人"的名誉，我没有必要在这里，不顾惹她生气，非要说清楚奈绪美的身世和经历，所以尽可能不触及这个问题了。将来诸位自然会知道的，即便不知道，她家在千束町，十五岁就被送到咖啡店当女招待，以及绝对不让别人知道自己的住处等等，把这些联系起来一想，也大致猜得出是什么样的家庭了。

　　我最终说服了她，见到了她的母亲和兄长，没想到他们对自己的女儿和妹妹的贞操问题，并不那么当回事。我跟他们商量的事情是，我觉得难得她本人说喜欢学习，在那种地方长期打工，未免可惜了，如果你们不介意的话，请允许我来收养她。尽管我也不能提供特别富裕的生活，恰好我需要一个女佣，也就是让她做做饭打打扫扫房间等等，这期间，我会让她接受一些基本的教育。当然我现在还是独身等也都实话实说。他们对我的提议，只是淡然回答"要是您能这样待她，真是她的福气啊……"，正如奈绪美所说的那样，见不见她的家人都一样。

　　当时，我深深感到，世上竟有这般不负责任的父母和兄弟，也就更加心疼奈绪美，觉得她可怜了。据她母亲说，他们对奈绪美的安排也很头疼。"本想让这孩子去做艺伎的，可她本人不愿意，又不能总是养着她，实在没办法，才送她去咖啡店的。"听他们的口气，只要有人愿意领养这孩子，把她养育成人，他们就算是放心了。啊，怪不得她不愿意待在家里，休息日总是跟着我出去玩、看电影了。听他们这么一说，我的疑问才解开了。

不过，奈绪美家里的态度，无论对奈绪美，还是对我来说，都是非常幸运的。此事说定之后，我立刻让她跟咖啡店请了假，每天都和我一起出去找房子。我上班的地方在大井町，所以打算尽可能找个离那儿近的地段，因此星期日一早，我们就在新桥站会合。平常日子，就在公司下班时，在大井町会合，从蒲田、大森、品川、目黑一带的郊外，到市内的高轮和田町、三田周边都找了一遍，回家的路上，就找个饭馆吃晚饭。还有时间的话，照例去看电影，逛银座，然后，她回千束町的家，我回芝口的住处。那时候出租房源匮乏，短时间找不到适合我们的房子，只好这样度过了半个多月。

如果那个时候，五月风和日丽的星期日早晨，有人注意到在大森一带绿叶如茵的郊外小路上，并肩走着一男一女——工薪族模样的中年男人和梳着裂桃发髻的少女——会做何感想呢？男人叫少女"奈绪美小姐"，少女称呼男人"河合先生"，二人既不像主仆，也不像是兄妹，更不像夫妻或是朋友，互相客客气气地对话，打听出租房子的地址，欣赏四周的景色，随处可见的篱笆墙、宅院、路旁盛开的芬芳鲜花等等，都让他们回眸顾盼。在这晚春悠长的一天里，幸福地四处漫步的这两个人，一定会令人觉得不可思议吧？说到鲜花，我想起来，她特别喜欢西洋花，知道很多我不知道的花名——而且是复杂的英语名字。她说是在咖啡店打工的时候，一直负责花瓶里的插花，自然而然就记住了。路过某户人家时，偶尔窥见大门里面有温室，眼尖的她立刻停下脚步，发出惊叹：

"哇，好美的花！"

"奈绪美最喜欢什么花呢？"我问她。

"我最喜欢郁金香了。"

也许是从小生长在浅草的千束町那样脏乱不堪的街巷里，使得奈绪美愈加向往开阔的田园景色，养成了喜爱花朵的习惯吧。就连看到生长在田间或土路旁的紫花地丁、蒲公英、紫云英、樱草等野花，她也会赶紧跑过去摘一把。一天走下来，她手里积攒了一大抱采摘的各种野花，还非常宝贝地把这些花束拿回来。

"这些花已经蔫了，差不多就扔掉吧。"

我这么劝她，她也不听。

"不要紧的，一浇水就能活过来。就把它们放在河合先生的书桌上吧。"

分手的时候，奈绪美总是把这把花束送给我。

就这样，我们找遍了各个地方，也没有找到合适的房子，很是发愁，最后我们租下来的房子，是距离大森站一百二三十米远的，靠近省线电车的一栋甚为简陋的西式房屋。即所谓"文化住宅"[1]那种房子。当时，这种房子还没开始流行，用现今

---

1 文化住宅：战后日本关西兴建起来的一类房屋，专门用于出租、分售，一般是木造房，分两层。

的词语表达，可以说就是这类房子。高耸的红色石棉瓦屋顶，几乎有房屋高度的一半以上。像火柴盒似的白色外墙面上，有好多个长方形玻璃窗。在正面的拱门前，有个庭院，其实更像是一小块空地。大致就是这样一栋房屋，比起居住来，似乎更适合入画。这也难怪，原本这房子就是某某画家盖的，他娶了女模特为妻，以此作为爱巢的。因此，房间布局也设计得多有不便。一层只有一个宽大的画室和特别小的玄关、厨房，二层虽然有三叠[1]大和四叠半大的两个房间，都像是阁楼那样的屋子，不适合作为房间使用。画室内设有通往阁楼的楼梯，上楼后有一条带围栏的走廊，宛如看戏的包厢围栏，从围栏里面可以俯瞰画室。

奈绪美第一眼看到这个房子里的"风景"时，非常喜欢，嚷嚷着：

"哇，真洋气啊！我喜欢这样的房子。"

我见她这么喜欢，当即决定租下来。

想必奈绪美是出于孩子气的心理，虽然房间布局不实用，但是那童话插图般独特而新奇的样式，使她产生了好奇心。的确，这房子非常适合无忧无虑的青年和少女，不愿坠入一般家庭那样的俗套，以游戏心态过日子。恐怕原来的主人——某画家和女模特，也是出于这个愿望，在这里生活的吧。实际上，

1　叠：一张榻榻米的大小，约为 1.6 平方米。

只是两个人住的话，那一间大画室就足够他们日常起居了。

三

　　我终于把奈绪美领回家，搬进这栋"童话之家"来，已是五月下旬了。搬进去后，我们觉得并不像想象的那样不方便。从光照很好的阁楼里，能望见大海。朝南的前院空地，正好可以搞个小花坛，美中不足的是，电车经常从附近通过，好在和铁路之间隔着一块庄稼地，倒不觉得有多大噪声。总之，还算是让人满意的住所。不仅如此，这种房屋毕竟不太适合一般人居住，因此，房租比预想的便宜多了，即便那时候物价比现在要低些，但房东开出不要押金，月租金二十日元的条件，也很合我意。

　　"奈绪美，以后你不要叫我'河合先生'了，要叫'让治'。咱们就像朋友一样过日子吧。"

　　搬家那天，我对奈绪美说道。当然了，我也写信告知老家那边，退掉了寄宿屋，搬进了独门独院的住宅，雇了个十五岁的少女代替女佣，等等。不过，没有说要和她"像朋友一样"过日子。我是这么考虑的，老家那边很少有亲戚来，等到不得不告诉他们的时候再说吧。

　　最初一段日子，我们俩忙于购买适合这个奇特新居的各种家具，将它们摆放得当，以及布置房间等等，虽然每天忙忙碌碌，却又乐在其中。我为了尽可能启发奈绪美的审美眼光，即使买一件很小的东西，也不独自决定，让她发表意见，尽量采纳她想出来的东西。好在这个房子原本就没有地方安放橱柜或长火盆之类家庭必备的老式用具，所以选择起来也比较自由，随我们自己的喜好，发挥想象力去装饰。我们寻觅来便宜的印度印花布，奈绪美笨手笨脚地缝制成窗帘，从芝口西洋家具屋搜罗来旧藤椅、沙发、安乐椅、圆桌等摆在画室里，墙壁上挂了两三幅玛丽·皮克福特等美国女影星的照片。本来寝具我也想买西式的，考虑到买两张床要花费不少，况且这些东西可以让老家寄来，所以最后还是放弃了。

谁知，老家给奈绪美寄来的被褥是专门给女佣使用的，因而是唐草花色的硬邦邦的棉布薄被子。我觉得很对不住奈绪美，就说：

"这个被子太差劲了，把我的被子换给你一张吧。"

"不用了。这就挺好的。我盖这个没事的。"

于是她就盖着这床被子，一个人孤零零地睡在二层的三叠间里了。

我睡在她的隔壁——同是二层的四叠半房间，每天早晨一醒来，我们就隔着墙壁，躺在被窝里说起话来。

"奈绪美，你醒了吗？"我问。

"嗯，已经醒了。现在几点了？"她回应。

"六点半啦。……今天我来做早饭吧。"

"是吗？昨天是我做的，今天让治做也行啊。"

"没法子，那我来做吧。做饭太麻烦了，要不就吃面包吧？"

"好吧。让治真狡猾呀。"

我们想吃米饭的话，就用小砂锅煮饭，也不先盛进饭桶里，直接端到圆桌上来，就着罐头或是什么现成的菜吃。就连这个也懒得做时，我们就吃面包、果酱、牛奶对付对付，或者吃点西式点心将就一下。至于晚饭，一般都是凑合着吃荞麦面或面条，馋了的话，两个人就去附近的西餐馆撮一顿。

"让治，今天去吃牛排吧。"她常常这样怂恿我。

吃完早饭，我就去公司上班，留下奈绪美一个人在家里。她上午侍弄花坛里的花草，到了下午，她把家门锁好，去学习英语和音乐。听说英语开始阶段还是跟着洋人学比较好，所以，我就让她每隔一天，去住在目黑的老处女哈里松小姐家里去学习会话和阅读，不会的地方，就由我在家里给她辅导。至于音乐方面，我也不知道该怎么办了，听说有一位两三年前毕业于上野某音乐学校的妇人，在自己家里教授钢琴和声乐，便让奈绪美每天去芝区的伊皿子，学习一个小时音乐。奈绪美穿着铭仙绸和服，下面穿着藏青色开司米裙裤，黑袜搭配可爱的小皮鞋，打扮成一副女学生的样子，怀着自己的理想终于实现了的喜悦，无比兴奋地按时去学习。有时候，我下班后在街上偶然遇到她，她身上完全不见了在千束町长大，当过咖啡店女招待的影子了。后来她再也没有梳过裂桃发髻，而是用发带扎起，下面编成小辫子垂下来。

前面好像说过，我是出于"饲养小鸟的心情"领养奈绪美的，自从她住到我家里以后，脸色也渐渐变得健康了，气质也在改变着，变成了名副其实的快活可爱的小鸟了。而那间宽大的画室，就成了她的大鸟笼子。五月也过去了，阳光明媚的初夏来临了。花坛里的花儿一天天长大，变得五颜六色了。到了傍晚，我从公司回来，奈绪美学习回来后，从印度印花布窗帘透进来的夕阳，将涂着雪白墙壁的房间里照得如同白昼一样明亮。奈绪美换上法兰绒单衣，光着脚穿拖鞋，一边在地板上咚咚打拍子，一边大唱新学的歌曲，要么就是跟我玩捉迷藏。每当这个时候，她就在画室里到处乱跑，从圆桌上翻过去，钻进沙发下面，把椅子都撞翻了。这还不够，她还爬上楼梯去，在那个看戏雅座似的走廊上，像老鼠似的出溜出溜地来回快走。有时候，我趴在地上当马，让她骑在我的背上，在房间里爬来爬去。奈绪美常常用手巾当缰绳，让我咬着，嘴里吆喝着："驾，驾，吁——"

有一天，我们俩正玩耍的时候，发生了这么一件事。奈绪美咯咯地笑着，飞快地在楼梯上爬上爬下，一不小心，脚踩空了，从楼梯最上面摔了下来，疼得嘤嘤哭起来了。

"喂，你怎么了？……磕哪儿了，我看看。"

说着我把她抱起来，她仍然吸溜吸溜地抽泣着，卷起她的袖子一看，大概是掉下来的时候碰到了钉子上，右胳膊肘破了皮，渗出了血。

"哟，这么点伤就哭鼻子呀。来，我给你贴上膏药，过来吧。"

我给她贴上膏药，把手巾撕成条当绷带，给她缠上。奈绪美一直哭哭啼啼的，满脸鼻涕眼泪，简直就是个淘气包。伤口后来化了脓，五六天都没有好，每天我给她换绷带的时候，她没有一次不哭的。

要问我那时是否爱上了奈绪美，连我自己也不知道。是的，算是爱上她了吧，但是按照我原来的设想，毋宁说是想要把她养大，教育成一个出色的女性，仅此乐趣就可以让我满足。然而，那年夏天，公司给了职工两周的休假，我照例用这个休假回乡省亲，就把奈绪美托付给她浅草的娘家，锁了大森家门，回了乡下。谁知这两个星期，令我感到无比乏味寂寞。此时我才意识到，那个女孩子不在身边，自己竟感到这般无聊，或许这就是恋爱的萌芽吧。于是，我对母亲编了个瞎话，提前回了东京，虽然已经十点多了，我还是从上野车站，打了出租车，直奔奈绪美家。

"奈绪美，我回来了。车在拐角等着呢，现在就跟我回大森吧。"

"是吗？我马上就来。"

她让我在格子门外等着，不一会儿，她就提着个小包袱出来了。那天是个非常闷热的晚上，奈绪美穿着白底浅紫葡萄花色的薄纱单衣，扎着漂亮的浅粉色宽幅发带。那薄纱布料是不久前盂兰盆节时我给她买的，我不在的这些日子，她让家里人给缝制的。

　　"奈绪美，每天都干什么了？"

　　汽车朝着热闹的广小路方向驶去。我和她并肩而坐，微微靠近她问道。

　　"我每天都去看电影呀。"

　　"没觉得寂寞吧？"

　　"嗯，虽然不觉得寂寞，不过……"说到这儿，她想了想，说："可是，让治回来得比我预想的早。"

　　"在乡下待着也没意思，所以就提前回来了。还是东京最好啊。"

　　我轻轻叹了口气，无限感慨地望着车窗外灯红酒绿的都市夜晚。

　　"可是，我觉得夏天的农村也不错呢。"

　　"这也要看是哪里的农村。我家是遍地荒草的农户，附近没什么好看的景色，也没有名胜古迹，白天蚊子苍蝇乱飞，热得受不了。"

　　"哟，是那样的地方呀。"

　　"就是啊。"

"我想去海水浴场那样的地方玩玩儿。"

奈绪美突然冒出这么一句，说话腔调像个撒娇的小孩子那么可爱。

"那就过几天带你去一趟凉快的地方吧，想去镰仓还是箱根？"

"泡温泉，不如去海边……我真的很想去海边。"

听到她那可爱的声音，虽然还是以前那个奈绪美，只是十来天没见，我觉得她的身体突然发育起来似的，忍不住偷瞄起了薄纱单衣下起伏的浑圆肩头和乳峰。

"这件衣服很适合你啊。请谁做的？"过了一会儿，我问道。

"是妈妈给我做的。"

"你家的人怎么说？没有夸我挑布料有眼光吗？"

"说了呀……说是还不错，就是花哨了些……"

"你妈妈这么说的？"

"嗯，是的……我家的人什么都不懂。"她凝视着远处，"他们都说我，变了个人呢。"

"怎么变了？"

"变得特别洋气了。"

"那是当然了。我都觉得你变了呢。"

"是吗？……他们要我梳日本发髻，我不愿意，就没有梳。"

"那么，那条缎带呢？"

"这个吗？这是我去仲店[1]自己买的。好看吗？"

说着，她扭着脖子，让风吹拂着没有抹油的干爽头发，让我看头上系着的随风飘动的浅粉色缎带。

"啊，很靓丽啊。这样扎头发，比日本发髻好看多了。"

"嗯。"

她那狮子鼻头轻轻一耸，得意地笑了。说难听点，这样神气活现的坏笑是她的一个毛病，不过，在我眼里，这毛病倒成了非常可爱的表情。

四

由于奈绪美一个劲儿地撒娇："带我去镰仓玩玩吧！"于是，八月初，我带她去旅行了两三天。

"为什么只去两三天呢？既然出去一趟，不去个十天或一周的，没意思啊。"

她这么抱怨，出门时，一脸的不乐意。其实我是借口公司忙，提前从乡下回来的，这事要是被母亲知道了，不太好交代。可是，对奈绪美实话实说，又怕她会觉得没有面子，只好安慰

1　仲店：神社、寺庙内的店铺。

她说："好了，今年先去两三天将就一下，明年再带你去个有特色的地方，好好玩几天。……你看这样可以吧？"

"可是，两三天也太短了……"

"虽说时间短，不过，想游泳的话，回来后去大森的海边，不是也可以游吗？"

"那么脏的海里，怎么游泳啊。"

"不要这么不懂事噢。听话，乖乖的啊，回头我给你买和服。……对了对了，你不是说过想要洋装吗？那就做身洋装吧。"

在"洋装"这个诱饵的勾引下，她才不闹了。

在镰仓，我们入住的旅馆是位于长谷的金波楼，那是一家档次不高的海滨旅馆。说到旅馆的事，现在回想起来还觉得好笑。当时我近半年的分红还有一大半没有花，按说两三天的住宿，没必要太节省，况且是我和她第一次外宿旅行，自然是十分愉快的。为了尽可能给奈绪美留下美好回忆，我最初考虑不要太抠抠搜搜的，旅店也想选一个一流的地方。谁知，到了那天，从坐上开往横须贺的二等车厢开始，我们就产生了自惭形秽的感觉。为什么这么说呢，在那趟火车里，有很多去逗子或镰仓的太太和小姐，她们光彩照人地坐在长排座位上。夹在她们之间，我还好说，可奈绪美的这身穿戴实在显得寒酸。

由于是夏季，那些太太和小姐并没有打扮得多么花枝招展，即便如此，奈绪美和她们并排而坐，上流社会的人和一般人相比，气质显而易见不一样。尽管奈绪美比在咖啡店的时候改变了很多，但出身的卑贱是怎么也掩盖不了的。我这样想，她自己肯定更强烈地意识到了这一点。可以想见，平时她穿的那件显得很洋气的葡萄花色薄纱单衣，此时看上去，该有多么俗不可耐啊。

虽然坐在旁边的女人当中，也有穿着素雅的夏季和服的，可她们手指上戴的闪闪发光的宝石戒指，或是随身携带的精致物品，无不显示出她们的富贵。而奈绪美手上除了光滑的皮肤，没有任何值得炫耀的东西。我至今还记得，奈绪美难为情地把自己的阳伞藏在身后，这也难怪，虽说那把阳伞是新买的，可是一看便知，不过是一把七八日元的便宜货。

结果，到底是入住三桥的旅馆，还是咬咬牙去海滨饭店，我们这样空想了半天，等走到那家饭店跟前一看，就被那气派的大门吓了回来。我们在长谷大街上来回走了两三趟之后，决定还是去当地二三流的金波楼了。

这家旅馆里住了很多青年学生，吵得让人心烦，所以我们俩每天都在海边度过。淘气的奈绪美一看见大海就兴高采烈起来，把火车上的沮丧心情抛到九霄云外去了。

"我一定要在这个夏天里学会游泳。"

她抓着我的胳膊，在浅海区胡乱扑腾。有时我两手托着她的身体，让她趴着浮在水面上，或者让她紧紧抓住木桩子，教她怎么蹬腿。有时候，我突然一松手，让她喝几口苦涩的海水，这些玩厌了后，我就教她如何踩踏涌来的浪头，或是躺在海边悠闲地玩沙子。傍晚就去租条小船，朝远处划去……每当这时，她总是在游泳衣外面裹上大浴巾，或是坐在船头，或是坐在船尾，或是以船舷为枕，望着蓝天，放声歌唱她最拿手的那不勒斯船歌《桑塔露琪亚》：

O dolce Napoli,

O soul beato,

…………

我一边陶醉地听着她那意大利语的女高音在风平浪静的海面上回响，一边轻轻地划着桨。"划得再远点，再远点！"她想要在无边无际的大海上遨游。不知不觉中太阳落下了，闪闪烁烁的星星从天空中俯瞰着我们，四周黑乎乎一片。奈绪美裹在白色浴巾里，变得朦朦胧胧的。可是，她那优美的歌声仍然没有停止，一遍遍唱着《桑塔露琪亚》，还唱了《洛勒莱》《流浪民族》，以及《迷娘》[1]里的一节，随着小船缓缓前行，奈绪美唱着各种各样的歌曲……

这样的经历，想必年轻时谁都会有过，但是对我来说，这的确是第一次。我是个电力工程师，和文学、艺术什么的没有

1　《迷娘》：法国歌剧。1866 年在巴黎公演。根据歌德小说《威廉·迈斯特的学习时代》改编，迷娘是小说里的人物。

缘分，小说也很少看，那时能想起来的，是曾经读过的夏目漱石的《草枕》。记得里面有"威尼斯正在沉没，威尼斯正在沉没"这么句话，我和奈绪美坐在随波摇荡的小船里，从海上透过暮霭屏障，远眺陆地的灯光时，这句话不可思议地浮上心头，不知怎的，我陶醉在宁愿和她一起漂流到世界尽头般的令人心碎的心境之中。像我这样粗线条的男人，竟然能够产生这样感伤的心境，那三天的镰仓之行就绝对没有白去。

不仅这些感受，说老实话，那三天里，奈绪美还让我对她有了一个更加重大的发现。到目前为止，我虽然和奈绪美住在一起，但说得露骨一点，并没有机会看到她的裸体，不知她的身材如何，而通过这次旅行，才真正见识到了。她第一天去由比浜的海水浴场时，穿着头天晚上特意去银座买的深绿色游泳帽和游泳衣出现在我面前的时候，说实话，看到她那匀称的四肢，我简直高兴坏了。是的，我真是喜出望外。为什么呢？因为以前见奈绪美穿和服那么好看，我就曾猜测她的身体线条错不了，果不其然。

"奈绪美啊。奈绪美啊，我的玛丽·皮克福特啊，你的身体是多么匀称优美啊！你竟然有着柔软的胳膊，有着如同男孩子一样笔直修长的腿！"

我禁不住在心底呼喊起来，不由得联想起了经常出现在电影里的那些充满活力的泳装女郎。

无论是谁都不会喜欢详细描述自己老婆的肉体吧，即便是我，将有关日后成为我妻子的奈绪美的隐私，一一讲述出来，广而告之，也绝不是一件愉快的事。但是，如果把这部分省略了，就和下面要说的内容衔接不上，而且连这个程度的事都顾忌不提的话，写这篇记录便没有意义了。因此，奈绪美十五岁那年的八月，我们离开镰仓海边时，她的身材究竟是怎样的，必须在这里记述下来。

当时的奈绪美，和我站在一起，比我稍微矮一点。先说明一下，我虽然身体健壮结实，但身高只有五尺二寸，属于矮个子男人。但是，她的骨架最明显的特征是，上身短下身长，稍稍离远了看，比实际个头显得高多了。而且，她的上半身就像字母"S"似的，曲线非常明显，在那"S"曲线的最底部，连接着已发育得很有女人味的浑圆臀部。那时候，我们看过那个著名的游泳达人凯勒曼小姐主演的描写美人鱼的《海的女儿》，我就对她说：

"奈绪美，你学个凯勒曼给我看。"

我这么一说，她就站在沙滩上，双手举向空中，做出"跳水"的姿势，她将两腿并拢，腿和腿之间没有一点缝隙，从腰部往下直到脚踝，勾勒出一个细长的三角形。她似乎对自己的腿也很自豪，一边问我"让治，怎么样？我的腿没有弯曲吧？"，一边走走停停，在沙滩上伸得直直的，她自己也高兴地瞧着好看的腿形。

奈绪美的身体另外还有一个优点，就是从颈部到肩部的线条。肩膀……我经常有机会触摸她的肩膀。这是因为，奈绪美每次穿泳装时，总是来到我跟前，说："让治，你帮我扣一下。"让我帮她把肩膀上的纽扣扣上。像奈绪美那样溜肩膀、长脖子的人，脱了衣服后会很瘦，她却与众不同，有着格外厚实而丰满的肩膀和显得很有肺活量的胸部。我每次帮她扣扣子时，她或是深呼吸，或是扭胳膊，使得后背上的肌肉一鼓一鼓地起伏。原本就紧绷的泳装，被她那小丘般隆起的肩膀撑开，眼看着就要绽开似的。总之一句话，她的肩膀充满了活力，荡漾着"青春"和"美感"。我悄悄地把她和许多少女做比较，发觉没有人像她那样，健美的肩部和优雅的脖颈兼而有之。

"奈绪美，你能不能安静一点呀。老这么动弹，扣子很紧，扣不上。"

我常常这样一边说，一边捏起泳装一端，宛如将一件大东西塞进袋子中那样，使劲把她的肩膀压进去。

具有这样体格的奈绪美，喜欢运动，爱淘气也是理所当然的。实际上，凡是要用手和脚的，她都学得很快。游泳是去镰仓那儿三天才开始学的，之后每天在大森海岸拼命练习，在这个夏天里终于学会了。她还学会了划船、驾驶快艇等好多玩法。玩了一天下来，天黑之后，她说着"啊，累死我了"，疲惫不堪地拎着湿淋淋的泳装回来了。

"啊，我饿极了。"

然后一屁股坐在椅子上。我们经常懒得做晚饭，回旅馆的路上，去西餐馆下馆子，两个人就像比赛似的狼吞虎咽大吃一顿。喜欢吃牛排的奈绪美，吃完了一盘又要一盘，一口气能干掉三盘牛排。

那年夏天，愉快的回忆太多了，实在不能全都记述下来，先写这么多吧。最后有一件事不能漏掉，就是那时候，我养成了让她泡在澡水里，用海绵帮她搓洗手脚和后背的习惯。最初的起因是，奈绪美游泳回来后，就累得想睡觉，懒得去浴池了，所以，我就在厨房里，用凉水帮她冲洗身上的海水，或者让她坐在木盆里洗澡。

"快点，奈绪美，这样睡着的话，身体黏糊糊的太难受了。我帮你冲洗，坐进这个木盆里来吧。"

我这么一说，她就顺从地让我给她冲洗身子了。从此就成了习惯，到了凉爽的秋季，我仍旧继续这样给她洗澡。最后，我干脆在画室角落，安装了一个西式浴盆，铺了块脚垫子，四周围上屏风，整个冬天一直都是这样给她洗澡的。

五

敏感的读者，想必从上节的叙述中，猜想我和奈绪美已经发生了超越朋友的关系吧。实际上并非如此。当然随着岁月流逝，彼此之间自然会产生想要"了解"对方的某种欲求。但是，对方是个才十五岁的少女，而我这个人，如前面所说，又是个对女人很无知的老实"君子"，而且觉得自己对她的贞操负有责任，所以不会因为一时的冲动，做出越过这种"了解"范畴的事。当然，在我的心中，除了奈绪美之外，没有其他想要娶为妻子的人选，即便有，事到如今也不会抛弃她的。这种想法逐渐在我脑子里扎下了根。因此，我不想使用玷污她的方式，或者玩弄的态度，糟蹋宝贵的第一次。

　　总之，我和奈绪美第一次发生那种关系，是在第二年，也就是奈绪美满十六岁那年的春天的四月二十六日那天。之所以记得这么清楚，是因为那时候，不对，是在那以前，自从我帮她洗澡的时候开始，我就把奈绪美有意思的地方，每天写在日记里。那个时候的奈绪美，身体眼看着一天天成熟起来，发育得很快，所以，就像生下了婴儿的母亲，"第一次笑""第一次叫妈妈了"这样记录下孩子的成长那样，我也怀着同样的心情，把每一件印象深刻的事情记在了日记里。至今我还经常翻阅这些日记。比如大正某年九月二十一日，即奈绪美十五岁的秋天的这篇日记里是这样写的：

　　　　晚上八点帮她洗澡。因海水浴而晒黑的皮肤还没有恢复。只有游泳衣下面的地方是白的，其他地方都黑黢黢的，虽然我也是一样，但奈绪美皮肤白，对比更加鲜明。她虽然光着身子，却好像穿着游泳衣似的。我说"你的身体就像斑马一样"，逗得奈绪美笑起来……

过了一个月左右，十月十七日的日记里写的是：

被晒黑的或脱皮的地方渐渐恢复了，她的皮肤反而变得比以前更有光泽、更好看了。我给她洗胳膊的时候，奈绪美一直默默地瞧着皮肤上流下去的肥皂泡。"真好看啊"，我这么一说，她也说"真好看啊"，还添上一句"是肥皂泡好看"……

下面是十一月五日的：

今晚第一次使用西式浴盆。由于还不习惯，奈绪美坐在光滑的浴盆里，出溜出溜地坐不稳当，咯咯直笑。我就叫了她一声"大宝贝"，她也叫我一声"爸爸"……

对了，这个"大宝贝"和"爸爸"的称呼，后来也屡屡使用。奈绪美耍赖或是撒娇的时候，总是开玩笑叫我"爸爸"。

"奈绪美的成长"，这些日记有这么个题目。所以，不言而喻，这里记录的都是关于奈绪美的事情，为此，后来我买了照相机，从各种光线和角度，拍下她那越来越像玛丽·皮克福特的相貌，然后贴在日记里的空白处。

33

关于日记的事有点走题了，反正从日记来看，我和她结为割不断的紧密关系，是在来到大森的第二年的四月二十六日那天。当然，二人之间已经熟悉到不说话就"了解"对方的意思了，所以极其自然地，没有哪一方主动，几乎没有说什么，就默契地结合了。事过之后，她对着我的耳朵说：

"让治，你可不要抛弃我呀。"

"怎么会呢……绝对不可能的，你放心好了。奈绪美不是很明白我的心吗？"

"明白是明白……"

"什么时候明白的……"

"要说什么时候嘛……"

"我说要把你领回家的时候，你是怎么看我的呢？有没有想过，我打算把你培养成优秀的女子，将来和你结婚呢？"

"也猜想到你可能有这个意思……"

"那么，奈绪美也是做好这个思想准备来我家的了？"

我不等她回答，便把她紧紧搂在怀里，继续说道：

"谢谢你啊，奈绪美，真的谢谢你这样理解我。……我现在跟你说实话，我没有想到，你会这样的……你会变成这样符合我理想的女人。我太幸运了！我要一辈子疼爱你……只爱你一个人。就像世上那些恩爱夫妻一样，绝不会让你受半点委屈的。你要知道，我是真心实意地为你而活着的。你提出的要求，我都会答应你的，所以你要更加用心学习，成为了不起的人……"

"嗯，我会用心学习的。一定做一个让治特别满意的女人，我保证……"

奈绪美的眼里流出了眼泪，我也忍不住哭了。那天晚上，我们两个憧憬着美好的未来，不知疲倦地聊了一个通宵。

过了不久，我趁着周六、周日休息，回了一趟老家，把奈绪美的事情告诉了母亲。这么做的原因之一是，奈绪美好像有些担心我家人的想法，为了让她安心，同时我自己也希望能够光明正大地处理自己的终身大事，因此尽早地报告了母亲。我把自己对于婚姻的态度，以及为什么娶奈绪美为妻等等，用长辈也能理解的话，说明了理由。母亲知道我的性格，对我比较信任，所以没有说别的，只提醒了一句：

"你既然已经打算好了，把那个女孩子娶过门也可以，不过，她的娘家是那种家庭，恐怕多有是非，以后你要多留神，尽量不要发生什么麻烦事。"

正式举行婚礼虽然是两三年以后的事，但我想早一点让她入籍为好，便马上跟千束町的娘家进行了沟通。她母亲和哥哥原本对奈绪美就无所谓，所以很顺利地谈妥了。他们虽然对奈绪美不大在乎，倒也不像是那种黑心肠的人，没有贪心不足地趁机向我提出什么过分的要求。

不用说，从那以后，我和奈绪美的关系迅速变得亲密起来。

外人还不知道，我们表面上虽是朋友，实际上已经是不用顾忌任何人的法律上的夫妻了。

有一次，我对她说：

"哎，奈绪美，我和你以后还是像朋友似的过日子好不好，永远永远……"

"这么说，永远会叫我'奈绪美'了？"

"那是当然，要不叫你'太太'好吗？"

"我可不愿意……"

"不然还是叫'奈绪美小姐'吧？"

"不要'小姐'。还是'奈绪美'比较好。等我想要'小姐'的时候再说吧。"

"那么，我也就永远是'让治'了？"

"可不是吗，没有别的可叫呀。"

奈绪美仰躺在沙发上，拿着玫瑰花，频频贴在嘴唇上玩弄着，突然，她把花一扔，一边对我说着"是不是，让治？"，一边张开双手，抱住了我的脑袋。

"我可爱的奈绪美……"我被奈绪美紧紧搂住，气都快喘不上来了，从她衣袖下面发出声音："我可爱的奈绪美，我不仅是爱你，说实话，是崇拜你啊。你是我的宝贝，是我自己发现、打磨出来的钻石。所以，为了将你塑造成一个优美的女人，不管什么东西，我都会给你买。我的薪水都给你也可以。"

"我不要你这样。对我来说，更重要的，是好好学习英语和音乐。"

"是啊，好好学习，好好学习，我马上就给你买架钢琴来。让你变成在洋人面前也毫不自卑的淑女。我对你非常有信心。"

"在洋人面前""像洋人那样"这些话，是我经常挂在嘴上的。她当然也喜欢我这样说。

她常常对着镜子，一边做出各种表情，一边问我："怎么样？这样子的话，我的脸像不像洋人？"

看电影时，她对女演员的举止特别留心：皮克福特是这样笑的，皮娜·梅尼凯丽[1]是这样的眼神，格拉汀·法拉[2]总是这样缩头发，等等。最后竟然到了把头发散开，模仿她们梳成各种发式的地步，奈绪美极其善于捕捉各个女演员的特点和细微感觉。

"真像啊。连演员都没有你模仿得逼真呢。因为你长得就像洋人。"

"真的吗？具体哪儿像啊？"

"你的鼻子和牙齿特别像呀。"

"什么？我的牙齿？"

于是她像说"一"似的，咧着嘴，对着镜子看自己的牙齿。她的牙齿珠玉般晶莹齐整，煞是好看。

---

1 皮娜·梅尼凯丽：意大利女演员。

2 格拉汀·法拉：美国女演员。

"你长得就不像日本人，所以，穿一般的日本和服没什么感觉，不如干脆穿洋装吧，就是穿和服，也得样式别致的，你说呢？"

"穿什么式样的呢？"

"今后的女性越来越活跃了，所以，像以前那种笨拙拘谨的衣服，恐怕行不通了。"

"我要是穿窄袖和服，系兵儿带[1]，也不错吧？"

"窄袖和服也挺好啊。什么样的都可以，关键是要让人感觉耳目一新。既不像日本人，也不像中国人，更不像西洋人的那种打扮，不知有没有那样的……"

"要是有那样的服装，你给我做吗？"

"当然给你做啦。我要给奈绪美做各种各样的衣服，让你每天更换不同的服装出门。不一定非得是绉绸那样的高级布料，花呢或铭仙绸就相当好了，重要的是样式独特。"

于是乎，从那以后，我们经常去各个绸缎庄或百货店，寻找布料。记得那时候，几乎每个星期日，都要光顾三越和白木屋等大百货商场。一般妇人用的布料达不到我和奈绪美的要求，很难碰到让我们满意的花色。我们觉得一般的绸缎庄多半买不到，便去印花布店、粗布店、卖衬衫或洋装布料的店铺寻找，还特意去横滨，从早到晚在唐人街或租界里的以外国人为主顾

1　兵儿带：一种使用丝绸等较柔软面料做的窄腰带。

的绸布店转悠。两个人都累得两腿发直，仍然不顾疲劳地转来转去。走在街头，两人也丝毫不松懈，一看见洋人就盯着她的服装打量，每家商店的橱窗都不放过，一旦发现了新颖的布料，我们就叫起来：

"啊，那块布怎么样？"

马上跑进那家店里去，让店员把那块布从橱窗里拿出来，贴在奈绪美身上比试比试，或是裹在她身上观瞧……虽说只是这样光看不买的转悠，对我们而言就是特别有趣的游玩。

近来，一般的日本妇女，刚刚开始流行穿蝉翼纱、乔其纱、棉巴里纱[1]等面料做的单衣了，其实领先这种潮流的应该是我和奈绪美吧。奈绪美特别适合穿这类面料做的衣服，实在匪夷所思。由于这些面料不适合做地道的和服，我们就做成窄袖和服，或睡衣、睡袍的式样，有时把面料裹在身上，拿别针四处别住，奈绪美穿成这样子在家里走来走去，或是对着镜子自我欣赏，或是摆出各种姿势让我给她拍照。她的身体被白色、蔷薇色、浅紫色的单薄如纱般透明的衣裳包裹着，像盛开的鲜花一样美丽。我要她"这样摆个姿势，那样走一走"，一会儿把她抱起来，一会儿让她躺下，一会儿让她坐在椅子上，一会儿让她款款走上几步，可以一连欣赏好几个小时。

我就是这样打扮奈绪美的，所以她的衣裳一年不知要添多

1　棉巴里纱：用棉、丝、人造纤维或羊毛混纺的透明薄纱。

少套。由于衣服太多，房间里根本放不下，她就随手乱挂，或揉成团乱放。虽说应该给她买个衣柜，也好有地方收纳，可我想的是，与其买衣柜，不如多买些衣服，而且这是我们共同的嗜好，没必要仔细收纳起来。虽说衣服很多，但都是些便宜货，穿不了多久就穿坏了，放在看得见的地方，想穿哪件，随时都可以更换，不但方便，还可以把房间装饰得花里胡哨的。于是，画室里简直成了戏剧后台的化妆室：椅子上、沙发上、壁龛里，以至于梯子上、二层栏杆上，衣服扔得到处都是。加上奈绪美很少洗衣服，又喜欢贴身穿，每件衣服都脏兮兮的。

由于这些衣裳绝大部分做得奇形怪状的，所以，穿得出去的不过一半。其中奈绪美非常喜欢，常常穿出去的是一件绸缎夹衣和与它配套的短外褂。说是绸缎，实则是棉丝缎，短外褂与和服都是素底红褐色，连草履带和短外褂的系带也都是红褐色的。其他部分，如衬领、腰带、带扣、内衣里子、袖口、反窝边……一律是天蓝色。腰带的面料同样是棉丝缎，做成衬里很薄的窄幅腰带，以便紧紧地将胸部束得很高。奈绪美说想要在衬领上装饰绸缎那样的布料，我就买来绸子发带贴在上面。奈绪美穿这套衣服出门，大多是晚上去看戏的时候，当她穿着闪亮炫目、花枝招展的衣裳，走在有乐座或帝国剧院的走廊上时，没有人不回头看她的。

"那个女人是谁呀？"

"是演员吗？"

"是不是混血儿？"

听到人们窃窃私语，我和她都不无得意地故意在走廊上走来走去。

就连这样的服装都惹人议论，更不用说其他标新立异的衣裳了，奈绪美就是再喜欢与众不同，也不可能穿出门去。这些衣服其实不过是在房间里，将她塞进各式各样的包装里欣赏的容器罢了。就像一朵美丽的花，被插在不同的花瓶里来欣赏是一样的心情。对我而言，奈绪美是妻子，同时也是世上罕见的人偶、装饰品，所以，并不觉得多么惊讶。她在家里几乎没有穿过正儿八经的衣服。她从美国电影的男装得到启发，用黑色天鹅绒制作的三件套西装等，是其中最昂贵最奢侈的家居服了。奈绪美穿上这套衣服，把头发盘起来，戴着贝雷帽的样子，活像猫儿一般风骚。夏天不用说，冬天在炉火熊熊的温暖室内，她只穿一件宽松睡衣或泳衣玩耍，也是常有的事。单说她穿的拖鞋，包括中国刺绣拖鞋在内，就有好多双，而且多数时候，她不穿分趾袜子或是袜子，总是光着脚穿这些拖鞋。

六

那时候，我就是这般为了讨她的欢心，对她百依百顺，有求必应的，同时也没有放弃把她培养成淑女佳人的初衷。玩味所谓"淑女""佳人"之词意,自己也不甚了了,以我自己的单纯理解,就是"无论带她到哪里去,都不会让人丢脸的当代时尚女子"那样十分模糊的感觉吧。既要把奈绪美培养成一个"淑女",又要"像对待人偶一样呵护备至",这二者能否兼得呢?现在回想起来虽然愚不可及,但坠入爱河之中,已然昏了头的我,即便如此浅显的道理也完全不懂得。

"奈绪美,玩归玩,学习还得学习。你要是学得好,我还会给你买各种东西呢。"

我总是把这话挂在嘴上。

"好,我会好好学习的。我一定要成为淑女。"

奈绪美每次都这样回答。

每天吃完晚饭,我都要给她辅导三十分钟的英语会话或阅读,可是,每次辅导时,她要么穿着那套黑色天鹅绒衣服,要么是睡衣,仰靠在椅子上,脚尖钩着拖鞋甩着玩,不管我怎么唠叨,最后"学习"和"玩耍"还是混为一谈了。

"奈绪美,你怎么这么不认真?学习的时候,就得像个学习的样子啊。"

我这么一说,奈绪美就缩起肩膀,发出像小学生那样嗲气的声音:

"先生,对不起!"

不然就是:

"河合先生,请原谅!"

她这么说着窥探我的表情，有时候突然亲我一下。"河合先生"自然也没有对这个可爱的学生严格要求的勇气，我的呵斥最终变成嘻嘻哈哈闹着玩了。

奈绪美的音乐学得如何，我不太清楚，但英语从十五岁开始，就已经跟着哈里松小姐学了两年了，按理说应该不错了，阅读也从第一册学起，现在第二册学了一半多了，会话教材使用的是 *English Echo*，而文法书用的是神田乃武的 *Intermediate Grammar*，至少应该达到初中三年级的水准了。可是，无论我怎样偏心眼，总觉得奈绪美还不如初中二年级的程度呢。我觉得很奇怪，按说不应该这么差，于是去拜访过一次哈里松小姐，这位胖胖的为人和善的老处女微笑着说：

"哪里，没有这回事。那个孩子非常聪明。学得很好啊。"

"她的确很聪明，所以，我觉得她的英语应该学得更好一些。阅读倒是可以，但翻译成日本语，或是解释文法……"

"这就是你的不是了。你的想法有问题啊。"

老处女仍然微笑着打断了我的话。

"日本人都很注重文法或是翻译，但这是最有害的。你学习英语的时候，绝对不可在脑子里思考语法，也不要进行翻译。反反复复阅读原文，才是最好的学习方法。奈绪美小姐的发音非常好听，阅读也很流畅，一定能够学好的。"

这位老处女的话也不无道理。不过，我的意思并不是要让她系统地学习语法。学习了两年英语，已经能看懂第三册阅读教材了，至少过去分词的用法啦、被动态的构成啦、假定形的应用之类应该掌握了，可是让她和文英译时，错得一塌糊涂。还不如中学的劣等生呢。即便阅读水准再好，也不可能靠阅读提高实力。真不知道这两年来，到底教了些什么、学了些什么？然而，老处女对我的不满并不以为然，非常放心而自信地一边点头一边重复着："那个孩子非常聪明。"

虽说这只是我的想象，总觉得西洋教师对日本学生有种偏心似的。偏心——这么说不合适的话，也可以说是先入为主吧。就是说，他们一看到长得洋气的、时髦而可爱的少年或少女，便不管三七二十一地说"那孩子很聪明"。尤其是老处女，这种倾向就更严重。哈里松小姐对奈绪美赞不绝口就是这个缘故，所以，先入为主地认定奈绪美是"聪明的孩子"了。而且，奈绪美正如哈里松小姐所说的那样，发音非常流畅。由于奈绪美口齿清晰，具有声乐素养，所以，只听她的声音，确实非常悦耳动听，让人觉得一定能学好英语似的，像我这样的人根本无法跟她相提并论。因此，哈里松小姐恐怕是被她的声音欺骗，彻底被征服了。令人吃惊的是，去哈里松小姐的房间时，看到梳妆台四周贴着很多奈绪美的照片，可见她有多么喜欢奈绪美了。

我虽然心里对哈里松小姐的看法和教授法颇为不满，但同时，西洋人如此偏爱奈绪美，夸赞她是聪明的孩子，又很合我意，所以宛如自己受到夸赞一样，喜不自禁。不仅如此，原本我这个人——不对，不单是我，日本人差不多都是这样——一见到西洋人，就变得懦弱不堪，没有勇气清楚地表达自己的想法，所以，当那个老处女用怪异的日语发音侃侃而谈时，反而搞得我想说的话也说不出来了。既然她这样坚持己见，我也只好自己在家里给奈绪美补课了。

我这样打定主意后，浮出讨好的笑容，含糊其词地对她说：

"是啊，您说得太对了。的确是这样啊。我明白了，总算放心了。"

然后一头雾水地沮丧地打道回府。

"让治，哈里松小姐怎么说呀？"

奈绪美那天晚上问道。她自恃有老处女宠爱，口气听起来极为傲慢。

"她说你学得不错，但是西洋人完全不懂得日本学生的心理。只要发音好，能够流畅地阅读就算是学好了，这是错误的。你的记忆力确实不错，所以背诵非常好，可是让你翻译的话，就抓瞎了。这和鹦鹉学舌有什么不同呢？学多久也没有用的。"

我对奈绪美真正意义上的训斥就是从这次开始的。我对她仗着哈里松小姐做后盾，得意地抽着鼻子，仿佛在说"怎么样？没话说了吧"的样子，感到十分气恼，不仅如此，最重要的是，能否把她培养成"淑女"，我感觉没有信心了。英语学好学不好姑且不说，这种不能理解语法的脑袋瓜，今后的发展实在令人担忧。男孩子为什么在中学要学习几何或代数，并不一定是为了实用，恐怕是为了锻炼和打磨思考问题的严谨性。即便是女孩子，虽说过去不具备分析能力也不要紧，但将来的女性就不能这样了。何况要想成为"不输于西洋人的""淑女"，没有归纳才能，又没有分析能力的话，实在让人担忧。

我有些赌气，以前只用三十分钟复习英语，从那以后改为一个小时或一个半小时以上，每天必须教授和文英译和语法。而且在学习时间里，绝对不允许她边学边玩，动不动就训斥她一通。奈绪美最缺乏的就是理解力，我却故意不讲那么细致，只给她一点提示，剩下的引导她自己去思考。比如，学习语法被动态之后，就立刻给她出应用题。

"来，把这句话翻译成英语试试。……刚才看过的地方只要明白了，这道题就应该会做。"

然后我就不再说话，一直耐心地等着她做完。如果她翻译错了，也决不告诉她哪里错了，一遍遍让她重做。

"你到底是怎么回事，这样傻看，怎么知道哪儿错了呢？要重新看看语法呀。"

她看完语法，还是答不对的话，我就会按捺不住，恼羞成怒地大声呵斥起来：

"奈绪美，这么简单的东西都不会做，怎么得了。你到底多大了？……一次又一次地在同一个地方出错，给你改过来，还说不明白，你的脑子在想什么呢？哈里松小姐说你聪明，我可一点也没觉得。这么简单都不会做，去上学也是劣等生。"

于是，奈绪美便嘟嘟起嘴，最后吸溜吸溜地哭起来。

平素，我们俩是非常要好的，她笑我也笑，从来没有闹过别扭，世上简直没有一对爱侣是这样和睦的。可是一到学习英语的时候，就互相折磨对方，痛苦不堪。没有一天我不跟她发火，她也没有不耍脾气的，刚才还那样兴高采烈的，顷刻间双方都剑拔弩张起来，用充满敌意的眼神瞪着对方。其实每到此时，我就把要培养她成为"淑女"的初衷忘干净了，为她太不争气而焦躁，从心里恼恨起她来。换作是个男孩子的话，说不定我早就一巴掌扇过去了，不然就臭骂一句"混蛋"。甚至有一次，我对着她的额头轻轻给了一拳头。可是，受到这样的对待，奈绪美也会以牙还牙，纵然知道怎么说，也不回答，任凭眼泪横流，像块石头似的就是不说话。一旦她这样子闹起来，就会不依不饶的，到头来还是我先软下来，不了了之。

有一次发生了这么一件事。我给她讲了好多遍，在"doing"或是"going"这种现在分词前面，必须添加"to be"，即"有"这个动词，可她就是理解不了。而且到现在还出现"I going""He making"这样的错误，我气得要命，"笨蛋笨蛋"地骂个不停，又仔细给她讲了一遍，说得口干舌燥，最后让她做一下"going"的过去式、将来时、将来完成时、过去完成时等各种时态变化时，她竟然还是搞不明白，仍然写成"He will going"，或是"I had going"等等。我再也忍不住了，勃然大怒，将铅笔狠狠一扔，把那本练习册推到奈绪美眼前。

"笨蛋！你真是个笨蛋！我不是跟你说了好多遍，不能说'will going'或是'have going'吗，你怎么还不明白呢？既然不明白，就一直做到明白为止吧。今天晚上，要是做不对，你就别睡觉。"

奈绪美紧闭嘴唇，脸色惨白，翻着眼皮，直勾勾地瞪着我的眼睛。突然，她一把抓起练习册，刺啦刺啦撕破了，啪的一声摔在地上，然后再次以凶狠的眼神死死地瞪着我的脸。

"你想干什么？！"

我被她野兽般的气势压倒了，吃惊得呆住了，好一会儿才说出话来：

"你想要造反吗？你觉得学习不学习都无所谓是吗？到底是谁说要好好学习，要成为淑女的呢？你为什么把练习册撕破了？你得道歉，不道歉不行！今天就离开这个家！"

但是，奈绪美仍然执拗地一言不发，惨白的嘴角只浮现出哭泣般的冷笑。

"好吧！不道歉就算了。现在马上离开我家！听见没有，我让你马上出去！"

我觉得不这样来点狠的，她根本不害怕。我猛地站起来，迅速捡了她随手乱扔的两三件衣裳，团起来包在包袱皮里，从二楼房间里拿来两张十日元钞票，递给她说：

"你走吧，奈绪美，这个包袱里装了些你的随身用品，拿着它今晚就回浅草去吧。我另外再给你二十日元。虽然不多，就当作这几天的零花钱吧。过几天我会跟你做个了断的，你的行李明天给你送去。……什么？奈绪美，怎么了？干吗不说话呢？……"

我这么一说，奈绪美尽管很任性，但到底是个孩子。对轻易不发火的我，有些惧怕似的，显得有所后悔似的，垂着脑袋，缩着脖子。

"虽说你很固执，但我也一样，一言既出，绝不会轻易改变的。你要是觉得自己不对，就道歉好了，不愿意道歉的话，就请回去吧。……好吧，你打算怎么着？快点决定好不好。要道歉吗？还是回浅草去？"

她摇摇头，表示不愿意。

"那么，是不想回去了？"

这回她点了点头。

"那么，你是愿意道歉了？"

"嗯。"她又点点头。

"既然这样，我就原谅你吧，不过，你得好好地低头认错。"

没办法，奈绪美只好两手扶在桌子上，带着轻视人的神情，对付着朝一边鞠了个躬。

她这样傲慢、任性的性情，是天生如此呢，还是我过分宠爱的结果呢？无论是哪种原因，随着时间的流逝，眼看着她变得越来越过分了。事实上并非越来越过分，而是在她十五六岁的时候，我把这任性当作孩子气的撒娇而忽视了，直到长大之后也没有改变，渐渐发展到我控制不了的地步。以前无论她怎么耍赖，我只要训斥一声，她便乖乖地听话，可近来，只要稍不如意，就马上嘟起嘴来。要是抽抽搭搭地哭泣，还可爱一些。有时候不管我怎么严厉呵斥，她也不掉一滴眼泪，可恶地装傻充愣，翻着眼睛，就像瞄准似的直勾勾地瞪着我。如果确实有那种叫作"动物电"的东西，那么奈绪美的那双眼睛肯定含有大量电能，因为那简直不像是女人的眼睛，目光犀利而咄咄逼人，而且充斥着深不见底的"魅力"，只要被她这样盯视片刻，我常常会感到不寒而栗。

七

那时候，在我心中交织着失望与爱慕相互矛盾的双重情感。我终于明白自己的选择错了，奈绪美并非自己所期待的那种聪明女子。即便再偏心眼，我也无法否认这个显而易见的事实，事到如今，培养她成为名媛淑女的期盼，已是幻梦一场。出身卑贱的人毕竟是烂泥糊不上墙，千束町出身的女孩，也只配去做酒吧女，即便让她们接受良好的教育也是白费力气。我深深地陷入了这种失望之中。可是在失望的同时，我又越来越不可救药地被她的肉体所吸引。是的，我特别强调"肉体"这个词，因为这是她的皮肤、牙齿、嘴唇、头发、眼眸，以及其他所有姿态构成的美感，这里绝对没有"精神"什么事，就是说，尽管她在头脑方面让我的期待落空，但在肉体方面却按照我所希望的那样，变得一天比一天美丽起来了，或者应该说超出我的预期。"愚蠢的女人""没出息的家伙"，我越是这么想，就越是被她的肉体美所诱惑。这对我而言，真是件不幸的事。我渐渐地忘掉了要把她"培养成淑女"的单纯想法，反而被她引诱着不能自拔了，当我意识到不能这样下去的时候，已经无法控制自己了。

"世上不如意之事，十有八九。我曾经想要让奈绪美在精神和肉体两方面都变得美丽起来。结果，在精神方面虽然失败了，在肉体方面不是取得了很大成功吗？我完全没有预想到她在这方面会变得这般妩媚美丽。这样看来，这方面的成功，不是足以弥补其他失败了吗？"

我强迫自己这样去想，使自己满足于此。

"让治最近上英语课时，怎么也不骂我'笨蛋、笨蛋'了？"

奈绪美很快就发现了我的变化，故意这样说道。尽管她在学习方面不怎么样，但在观察我的脸色方面，的确是很敏锐的。

"啊，越是那样数落你，你就越是跟我拧着来，我觉得效果不好，就改变方针了。"

"哼。"她冷冷一笑，"那是当然了。你那样一个劲儿地骂我是'笨蛋、笨蛋'的，我当然不听你的话了。其实大部分题我都会做，就是故意气气让治，假装不会做的，难道让治看不出来吗？"

"什么？真的吗？"

我明知奈绪美这么说，是出于不服输心理的虚张声势，仍然故作吃惊地问。

"那还用说吗。那样简单的问题怎么可能不会做呢？让治居然真的以为人家不会做，其实让治才是笨蛋呀。每次让治生气的时候，我都觉得可笑得不得了。"

"这我可真是没想到啊。原来我被你这个小丫头给耍啦。"

"怎么样？还是我比较聪明吧？"

"嗯，还是奈绪美聪明。甘拜下风！"

她得意得捧腹大笑起来。

诸位读者，在此我突然想给你们讲个奇妙的故事，请你们不要发笑，继续听下去。我想说的是，我上中学的时候，在历史课上学过安东尼和克娄巴特拉的故事。正如各位所知，那位安东尼为了迎击屋大维·安努斯的军队，在尼罗河上展开水战

52

时，跟随安东尼的克娄巴特拉，见己方形势不妙，突然中途掉转船头逃跑了。而安东尼看到薄情女王的船抛弃自己走掉了，尽管处于危急存亡之际，他也置战争于不顾，立刻追赶女王去了……

"各位同学，"历史老师当时对我们这样说，"这位叫作安东尼的男人，跟在女人屁股后面逃跑，最终丢了性命，所以历史上，没有比这种人更蠢的傻瓜了，实在是亘古未有的笑柄啊。英雄豪杰竟然也落到如此地步，呜呼哀哉……"

他讲课很好笑，学生们望着老师滑稽的表情哄堂大笑起来。我当然也是这些人当中的一个。

不过，关键的问题就在这里。当时我非常不理解那个叫安东尼的，为什么会迷恋那样薄情的女人呢？其实不仅是安东尼，就在他之前不久，盖世豪杰尤里乌斯·恺撒，也是因为迷上克娄巴特拉而丢尽了脸。这样的例子不胜枚举。追寻德川时代的家族纷争，以及国家战乱兴亡的轨迹，在其背后必然有魅惑力极大的妖妇在兴风作浪。那么，这些妖妇的手段是不是非常阴险、巧妙，一旦落入其温柔陷阱，无论怎样了不起的男人都会被其欺骗呢？我觉得并非如此。无论克娄巴特拉是多么聪明的女人，都不可能比恺撒或安东尼更有智慧。即便不是英雄，对于女人对自己是真心还是假意，只要稍微用点心，就能够洞察的。尽管如此，明知会身败名裂，也宁肯被女人欺骗，实在让人匪夷所思。倘若事实如此的话，那么英雄也并非多么伟大了。当时，我心里这样想，对于老师的评价——安东尼"是亘古未有的笑柄"，"历史上没有比这种人更蠢的傻瓜了"很是赞同。

至今我还时常想起当时听到老师这些话，和大家一起哈哈大笑时自己的样子。而且每当回想起此事，便深感自己现在没有笑话别人的资格。因为我完全能够理解罗马英雄为什么会变成傻瓜，那个叫安东尼的人为什么会那么轻易地被妖妇的手腕所缚，以至于有些同情他了。

人们常说"女人欺骗男人"，但是根据我的经验，绝不是从一开始就是女人"欺骗男人"的。最初是男人主动期待"被欺骗"的。等到迷恋上了某个女人后，对那个女人说的话，不管是真话还是假话，在男人听来都是那样可爱了。当女人假惺惺地流着香泪依偎过来时，男人会想："哈哈，这个妞儿想来这手哄我啊。可是，谁让你这么好笑、这么可爱呢。我知道你肚子里打的什么主意，既然这么有趣，就让你哄骗好了。就让你骗个够吧……"

男人就是这样宽宏大量地像逗孩子玩似的心态，故意上当受骗的。所以，男人并不认为自己被女人欺骗了，反而觉得自己欺骗了女人，暗自得意呢。

我和奈绪美的关系就证明了这一点。

"还是我比让治聪明噢。"奈绪美这么说，满心以为成功地欺骗了我。其实我是假装成愚笨的人，受她的欺骗的。对我来说，戳穿她的小伎俩，不如让她自以为得计，笑逐颜开，看到她这样高兴，我就更高兴了。不仅如此，这样还可以让自己得到良心上的满足。理由是，纵然奈绪美不是个聪明的女人，让她觉得自己聪明也不是件坏事。日本女子最大的缺点就是没有充分的自信。因此，她们和西洋女人比起来，总是显得怯懦自卑。其实，"现代美人"的资格，脸蛋漂亮还在其次，主要在于富有才气的表情与姿态。纵使缺乏自信，至少自以为不错也行，自以为"我很聪明""我是美人"的念头，会使那女人成为美女的。出于这样的考虑，我非但不管束奈绪美卖弄小聪明，反而大力鼓励她这么做。我总是很愉快地让她欺骗，促使她不断地增强自信心。

下面举个例子来说明吧。那时候我经常和奈绪美下军棋、打扑克，如果认真玩，无疑是我赢，但我总是让她赢，渐渐地，她就以为"玩这种胜负游戏，自己更胜一筹"了。

"来呀，让治，让我杀你一盘吧。"

诸如此类口吻，完全是一副瞧不起我的态度。

"好啊，这回我可要一雪前耻了。告诉你吧，我要是好好下，你哪里是我的对手呀。只不过看你是个孩子，就疏忽大意了，所以才……"

"随便你怎么说吧，等你赢了我之后，再夸海口好了。"

"好啊，开始吧！这回我真的要赢你了！"

尽管我嘴里说得这么强硬，实际上故意下得更糟糕，照样又输掉了。

"怎么样啊？让治,输给一个孩子,不觉得没面子吗？……你已经不行啦。不管你怎么好好下, 也下不过我的。你觉得怎么样啊？ 一个三十一的大男人, 下棋还会败给十八岁的孩子, 可见让治根本不会下嘛。"

她还蹬鼻子上脸,居然说什么"年纪大还是比不过聪明脑袋瓜啊", "只能怪自己太笨了,丢面子也得认了呀"。

最后照例是耸起鼻头, "哼"了一声,以示嘲笑之意。

更可怕的是由此造成的后果。最初我是为了讨奈绪美的欢心, 至少自认为是这样的。可是, 渐渐地成了习惯, 日积月累, 奈绪美真的拥有了极强的自信, 即便我非常认真地跟她下棋, 竟然也赢不了她了。

人与人的胜负, 并非只是依靠理智, 还要靠"气势"。换句话说, 就是动物电能。在争夺输赢的场合更是如此。奈绪美和我对决时, 从一开始就来势汹汹, 霸气十足, 因此, 我总是被她的气焰压倒, 败下阵来。

"这么玩没意思, 咱们下点赌注吧。"

到后来, 奈绪美尝到了甜头, 不赌钱就不玩了。结果越这么玩, 我输得越多。尽管奈绪美一分钱本钱都没有, 却十钱啦二十钱啦, 随意规定赌注数额, 大肆赚取零花钱。

"啊, 要是有三十日元的话, 就可以买下那件衣服了。……再玩一盘扑克, 赚了钱去买吧。"

就是这样，奈绪美又跟我叫板了。尽管偶尔她也会输，但每当此时，她还是会别出心裁，玩新花招的，倘若她对那笔钱势在必得的话，便会不惜要弄各种手段，也要打败我。

为了施展这一手，奈绪美差不多每回都穿着宽松的睡袍，故意系得松垮垮的，一旦发现形势对自己不利，便搔首弄姿，现出淫荡之态，或敞胸露怀，或把腿伸出来，如果还不见效，她就会依偎在我的腿上，抚摸我的脸，揪扯我的嘴巴，使出各种诱惑手段来。她这一招，我真是抗拒不了。尤其是她的撒手锏——在此实在不便披露——要是拿出来，我会当即头昏脑涨，眼前变得漆黑一片，什么胜负，全都稀里糊涂的搞不清了。

"太狡猾了，奈绪美，怎么能这样啊……"

"一点儿也不狡猾呀，这也算是一个招数嘛。"

我的意识渐渐飘忽起来，眼前所有东西都变得朦朦胧胧了，只有正在说话的奈绪美及其含娇带嗔的容颜依稀可辨，那张脸上浮现出诡异的笑容……

"太狡猾啦！太狡猾啦！哪有这样玩扑克的……"

"哼，怎么没有啊。女人和男人赌输赢的话，什么招数都可以使的。我在别处还看到过呢。小时候，在家里看到姐姐和其他男人玩花牌 [1]，鬼花招多着呢，玩扑克和玩花牌不是一样的吗……"

---

[1] 花牌：日本一种类似扑克牌的纸牌。共四十八张，松、竹、梅等十二种植物图案，每种四张。图案分数高低不同。

由此我终于明白了，安东尼之所以会被克娄巴特拉征服，正是因为像自己这样，逐渐失去了抵抗力，最终被女人所操纵。让深爱的女人拥有自信是好事，但是，其结果便会使自己失去自信。到了这个程度，就很难再打败女人的优越感了，而且会导致意想不到的祸害。

八

事情发生在奈绪美十八岁时的秋天，那是九月初一个酷热的傍晚。那天因为公司比较清闲，我提前一个小时回了大森的家。走进大门，出乎意料地看到一个从未见过的少年，正在院子里和奈绪美说话。

那少年的年纪看上去和奈绪美差不多，超不过十九岁的样子。穿着白底碎花单和服，戴着美国年轻人喜欢的带漂亮飘带的草帽，一边用手杖敲击着自己木屐前头的地面，一边说话。他面色赭红，眉毛浓密，长得虽不难看，但满脸痤疮。奈绪美蹲在男人脚边，正好在花坛阴影里，看不清她的表情。透过盛开的百日红、夹竹桃和美人蕉花丛，只能隐约看到她的侧脸和头发。

男人看到我后，摘下帽子朝我点点头，回头对奈绪美说了声"那我走了"，就大步朝着大门这边走来。

"再见啦！"

奈绪美也跟着站起来，男人说了声"再见"，没有回头，从我面前走过去时，将手遮在帽檐上，挡着脸走出了大门。

"他是谁呀？"

与其说是出于嫉妒，不如说是觉得"刚才的场景很奇怪"而有些好奇。

"你问他？他是我的朋友，叫浜田……"

"什么时候成了朋友的？"

"早就是了……他也跟着伊皿子学习声乐呢。别看他脸上净是疙瘩，怪难看的，唱歌可好听了。是很棒的男中音噢。前几天的音乐会上，我们还一起参加了四重唱呢。"

由于奈绪美毫无必要地贬损他的面容，我忽然生了疑心，观察她的眼神，但奈绪美神态自若，并没有发现异样之处。

"他经常来玩吗？"

"不常来，今天是第一次。说是恰好到附近来，顺便过来看看。……他是来告诉我，最近要成立交际舞俱乐部，请我务必加入。"

我虽然多少有些不愉快，但是听她详细一说，觉得这个少年单纯是为了这件事来找奈绪美的，似乎并非虚言。因为首先一点，他和奈绪美是在我快要回来的时候，在院子里说话的，这就足以打消我的疑虑了。

"那么，你答应他去学跳舞了吗？"

"我说考虑考虑……"

这时，她忽然嗲声嗲气地撒起娇来。

"怎么了，我不能去吗？好不好呀，让我去吧！要不让治也加入俱乐部，咱们一起学舞蹈，不好吗？"

"我也可以加入俱乐部吗？"

"是啊，谁都可以加入呀。舞蹈教师是伊皿子的杉崎先生认识的一个俄罗斯人。据说她是从西伯利亚逃出来的，因为没有钱，生活很困难，杉崎先生为了帮助她，就成立了这个俱乐部，所以学生越多越好啊。……好吗，让我去吧！"

"你当然没问题了，我哪里学得会呢？"

"没问题。很快就能学会。"

"不过，我一点音乐细胞也没有啊。"

"音乐这东西，学着学着自然就会了。……我看，让治也应该去学一学。我一个人去，也没有舞伴呀。好吗，咱们两个就一起去学跳舞吧。每天老是在家里玩耍，你不觉得无聊吗？"

近来，我已经隐隐感觉到，奈绪美开始对生活感到乏味了。回想起来，我们在大森安家已经整整四年了。这期间，除了暑期外，我们一直封闭在这个"童话之家"里，和广阔的外界没有交集，一天到晚总是两个人在一起，所以纵然换着花样做各种"游戏"，毕竟也会渐渐感到无聊的。何况奈绪美生性喜新厌旧，无论多么有趣的游戏，也是起初特别投入，但绝对玩不了多久就不想玩了。然而，如果不玩点什么，她在家里连一个小时也待不住，所以当扑克牌啦、将棋啦、模仿女演员等等都玩厌了之后，她只好又回头去摆弄好久没打理的花坛了，忙活着翻土、撒种子、浇水等等，可这也不过是一时的热乎气。

"啊——好无聊啊，有什么好玩的吗？"

她躺在沙发上，把没读几页的小说一扔，打了个大哈欠，每当看到她这副样子，我便暗自琢磨，有没有可以使这样单调的二人生活为之一变的好法子呢？就在这个节骨眼上，她提出学习舞蹈，这倒也不是什么坏事。奈绪美已经不是三年前的奈绪美了。和那年我带她去镰仓旅行的时候已是大不相同了。如果让她身着盛装，进入社交场合，即便名媛如云，恐怕奈绪美也不会逊色吧。这个想象让我感到无比自豪。

正如前面交代过的那样，我从学生时代就没有特别要好的朋友，迄今为止一直是回避着无聊的应酬生活过来的，但是，这绝不意味着我讨厌进入社交圈。由于自己出身乡下，不会花言巧语，与人交往也很笨拙，因此而变得孤僻起来，然而也正因为这样，内心反而更加向往热闹的社交生活。说到底，娶奈绪美为妻，也是想要把她打扮成光鲜靓丽的贵夫人，每天带着她出入各种场合，好得到那些市井庸人的艳羡和恭维，希望在交际场所得到"你的夫人真是漂亮又时尚啊"之类的溢美之词。在如此勃勃野心的驱动下，我也并不想一直把她关在家里做"笼中鸟"。

听奈绪美说，那位俄罗斯舞蹈教师名字叫作阿列克桑德拉·舒勒姆斯卡娅，是某某伯爵的夫人。她的伯爵丈夫因为闹革命而去向不明，她有两个孩子，而孩子们现在也下落不明，她自己只身一人好不容易流亡日本，生活没有着落，所以不得不考虑以教授舞蹈为生了。于是，奈绪美的音乐老师杉崎春枝女士，为夫人组织了一个俱乐部，而担任干事的，就是那个名叫浜田的，他曾经是庆应义塾的学生。

习舞场所位于三田的圣坂，在一家名叫吉村的西洋乐器店的二楼上，伯爵夫人每周一、五去那里教两次课。会员从下午四点到七点之间，根据个人的情况，选择时间去上课，一次课一个小时，每月授课费一人二十日元，要求每月预付酬金。我和奈绪美两个人去上课的话，就是每月四十日元。即便教师是西洋人，也未免高得离谱。但是，奈绪美说，学习交际舞，和学习日本舞蹈一样，原本就是很奢侈的，收取这些学费也是理所应当的。而且，即使不特别勤奋练习，机灵的人一个月左右，不机灵的人学三个月的话，也能学会的，所以，虽说贵了些但也说得过去。

"首要的一点，那位叫作舒勒姆斯卡娅的夫人需要咱们帮助啊，不然多可怜哪。以前是堂堂伯爵夫人，如今落魄到这个地步，难道不值得同情吗？听浜田君说，她的舞蹈特别棒，不单是交际舞，如果有人想学，她也可以教授表演性的舞蹈。舞蹈这种技艺比较特殊，一般日本艺人的舞蹈不登大雅，不能跟着他们学，最好跟着像她那样有身份的人学。"

还没有见过那位夫人，奈绪美就一味替她说话，听她的口吻仿佛对舞蹈无所不知似的。

就这样，我和奈绪美加入了俱乐部。我们说好，每个周一和周五，奈绪美上完音乐课，我下班后，赶在六点之前，分别去圣坂的乐器店。但第一次上课，我们是下午五点在田町站会合后，一起前往的。那个乐器店在圣坂的中坡上，店面很小，一进里面，就看见钢琴、风琴、电唱机等各种乐器摆得满满的。二楼上，舞蹈课好像已经开始了，能听见杂乱的舞步和电唱机的声音。在楼梯入口处，有五六个庆应义塾学生模样的人堵在那里，他们盯着我和奈绪美打量，让人很不舒服。这时，有个人用很亲昵的口气大声叫道：

"奈绪美小姐！"

我一看，那些学生中的一个人，腋下夹着一把大概是叫作曼陀铃——扁平的，很像是日本的月琴那样形状的乐器，正合着舞蹈的节奏，叮叮咚咚拨弄着铁丝那么细的琴弦。

"你好啊！"

奈绪美也以学生似的口吻问候，没有一点女孩子的温柔。

"怎么啦，阿熊，你不学舞蹈吗？"

"我哪行啊。"

那个被叫作阿熊的男子嘿嘿笑着，把曼陀铃放在架子上，说：

"那种舞蹈，我就算了吧。首先每月二十日元的学费，也太贵了。"

"可是，第一次学舞蹈，没法子呀。"

"算了吧，反正等大家都学会了，我再跟他们学好了。舞蹈什么的，差不多就行了。怎么样，咱的脑子够灵的吧。"

"阿熊真狡猾！你脑子也太灵了吧。……那个，阿浜在二楼吧？"

"嗯，在呢，你去吧。"

看样子，这个乐器店成了附近学生的"据点"，奈绪美好像常常光顾，因为店员也都和她很熟识。

"奈绪美，刚才一楼的那些学生在干什么？"

我跟着她一边爬楼梯一边问。

"他们都是庆应的曼陀铃俱乐部的，虽然说话粗野，但不是坏人。"

"他们都是你的朋友吗？"

"算不上是朋友。不过，来这里买东西时，经常遇到他们，所以就熟悉了。"

"学习舞蹈的，主要是他们那样的人吗？"

"我也不太清楚，大概不是吧。比起学生来，上岁数的人更多吧？……现在上去看看，就知道了。"

一登上二楼，就是练习场地。只见五六个人，嘴里一边"one,

two，three"地打着节拍，一边踩着舞步练习呢。舞场有两个日式房间打通那么大，铺着地板，穿着鞋可以直接进入。大概是为了地面光滑吧，那个叫作浜田的学生，在房间里转来转去，忙着往地面撒细细的粉末。正值昼长夜短的酷暑时节，刺眼的夕阳从敞开的西侧窗户照射进来，一个穿着白色乔其纱上衣、藏青色哔叽裙的女士，站在两个房间的连接处，后背沐浴着淡红色的夕阳。一看便知，她就是舒勒姆斯卡娅夫人。猛一看不过三十岁的样子，从她已有两个孩子推测，应该有三十五六岁了。这位夫人面带贵族出身特有的威严，表情非常严肃——其威严似乎多少来自令人害怕的苍白而透明的血色，可是从她那凛然的表情、潇洒的服装、胸前和手指上闪烁的宝石来看，怎么也不像是个生活困窘的人。

夫人一只手拿着教鞭，有些不悦似的蹙着眉头，紧盯着学员们的脚，喊着"one，two，three"——她说的是俄国式的英语，把"three"说成了"tree"。——轻轻地，以命令似的语调，反复这样打着拍子。学员们踩着她的拍节，排成一排，迈着不太合拍的舞步转来转去，看上去就像女教官在操练士兵，我不禁想起在浅草的金龙馆看过的电影《女兵出征》。学员中有三个是穿着西服的青年，一看就不像是学生，还有两位像是刚从女校毕业的小姐，打扮朴素，穿着和服裙裤，和男人一起极为投入地练习着舞蹈，一看就是举止端庄的大家闺秀，给人印象不坏。

夫人只要发现一个人舞步走错了，就立刻厉声发出："No!"走到那人身边，给他做示范。要是还学不会，频频出错的话，她就叫嚷着"No good!"将教鞭啪地打在地板上，有时候不分男女，毫不留情地抽打那人的脚。

"她教课多么认真啊。不那样严格要求就是不行。"

"说的是啊，舒勒姆斯卡娅先生确实特别认真。日本的教师们根本达不到这个程度，而西洋老师即便是妇人，教课也是一丝不苟的，真是了不起。而且就像她这样，连续上课一两个小时也不休息，我想，这么热的天，先生实在太辛苦，就问她要不要买冰激凌来，她说'上课时间，什么也不需要'，坚决不吃。"

"哇，真了不起啊，她居然没有累趴下呀。"

"西洋人身体素质好，和咱们可不一样。……不过，她也真是让人同情，原来是伯爵的太太，过着吃喝不愁的优裕生活，可是因为革命，竟然不得不授课谋生了……"

有两位女士坐在休息室的沙发上，看着练习场上的情景，感慨不已地这样交谈着。其中一人二十五六岁，大嘴薄唇，圆脸凸眼，长得酷似中国金鱼，头发没有梳什么花样，从发际整个拢到头顶，犹如刺猬臀部那样逐渐蓬起，在鼓鼓的发髻上插着支长长的白色玳瑁发簪。埃及花色的盐濑纺绸腰带上，别着翡翠带扣，她很同情舒勒姆斯卡娅夫人的境遇，对夫人赞不绝口。随声附和她的妇人，脸上擦的厚厚的白粉因出汗而变花了，露出皱纹密布的粗糙皮肤，由此推断，她差不多四十岁了。不知是烫出来的还是天生的，一头盘起来的红发蓬松地卷曲着，身体清瘦高挑，虽然打扮入时，但看她的面相，像是当过护士的人。

在这两位夫人周围，还有几个恭谨地等候上练习场的人，其中有的人已经学过基本舞步，一对对勾肩搭背地在角落里练习着。干事浜田不知真是夫人的代理，还是自以为是代理，一会儿陪着女士们跳舞，一会儿更换电唱机里的唱片，一个人忙活得不亦乐乎。我心里思忖，且不说女士们，来学习舞蹈的男士们到底是属于什么阶层的人呢？我经过观察发现，穿着讲究的也只有浜田一人，其他人大都穿着很土气的藏青色三件套西装，一看就是那种工薪族的打扮，而且大多比较笨拙，真是不可思议。当然，他们都比我年轻，三十岁上下的绅士只有一位。他穿着燕尾服，戴着金丝边的厚眼镜，留着老式的长长的八字胡。他好像是最笨的一个，夫人多次对他叫嚷"No good"，朝他抽教鞭。每次他都憨态可掬地嘻嘻傻笑，重新踩着"one，two，three"的点儿，跳起舞来。

那个男人，这个岁数了，为什么想要学习跳舞呢？说起来，自己不也和他一样？别提学跳舞了，连一般的交际场合，我都没有去过。一想到当着这些妇人的面，被那个西洋人训斥的情景，纵然有奈绪美陪在身边，不知怎的，在场边观看的时候，我已然浑身冒出了冷汗，开始害怕轮到自己了。

"哎呀，你们来啦。"

浜田跳了两三支舞曲，一边用手绢擦着净是痤疮的额头上的汗，一边走到我们身边。

"上次真是不好意思。"

今天他显得有些自得，再次向我致意，然后转向奈绪美，说：

"天气这么热，你们能来，太好了。……对不起，你带扇子的话，借我用一下。当助手实在是个辛苦的活儿啊。"

奈绪美从腰带里拿出扇子递给他。

"不过，阿浜跳得真不赖啊。够资格当助手了。什么时候开始学的？"

"我吗？我已经学了半年了。不过，你很聪明，很快就能学会。跳舞关键在于男的带，女的只要跟着就行了。"

"那个，来这儿跳舞的男人，是些什么人呢？"我问道。

"您问他们吗？"

浜田使用起了敬语。

"他们大多是东洋石油株式会社的职员。据说杉崎先生的亲戚在公司里当董事，是他介绍来的。"

东洋石油的职员和交际舞！实在是奇妙的组合，我这么想着又问道：

"那么，那个留胡须的绅士也是职员了？"

"他不是，他是医生。"

"医生？"

"嗯，也是在那个公司里当卫生顾问的医生。他说没有比跳舞更锻炼身体的运动了，他就是为了这个才学跳舞的。"

"是吗，阿浜？"奈绪美插嘴道，"真的可以锻炼身体吗？"

"啊，当然了。学跳舞的话，冬天也会出一身的汗，衣服都湿透了，确实很锻炼身体啊。而且舒勒姆斯卡娅夫人训练得那么狠。"

"那位夫人会日本语吗？"

我这样问，是因为刚才就一直有些担心这个。

"她一点也不会日本语，一般是用英语上课。"

"英语我可就……会话，我最发怵了……"

"不要紧的，大家都一样啊。舒勒姆斯卡娅夫人的英语也非常 broken，比我们说得还差劲，所以一点也不必担心。再说学跳舞根本不需要说什么话。靠着 one，two，three 打拍子，还有手势就能明白的……"

"哟，奈绪美小姐，什么时候来的？"

这时，跟奈绪美打招呼的，正是那位插着支白色玳瑁发簪的酷似金鱼的妇人。

"啊，先生……你过来一下，是杉崎先生。"

"先生，我给您介绍一下……这位是河合让治……"

"啊，是啊……"

杉崎女士看到奈绪美脸红了，不用听完也明白是什么意思了，站起来向我点头致意。

"……初次见面，我叫杉崎，欢迎欢迎。……奈绪美小姐，请把那把椅子拿过来。"然后朝我回过头来，说：

"请您坐下吧。马上就该您上场了，这么站着等，会很累的。"

"……"

我记不清是怎么回答的了，大概是含含糊糊地说了什么吧。对这些说话拿腔拿调的妇人，我最发怵了。不仅如此，对于我和奈绪美的关系，不知夫人是怎样理解的，也不知奈绪美给她透露到什么程度，我竟然疏忽大意，忘了事先问她了，因此愈加心慌意乱。

"我来介绍一下。"

夫人没有理会我的慌乱，指着刚才那位鬈发夫人说：

"这位是横滨的詹姆斯·布朗文先生的夫人。……这位是大井町的电力公司的河合让治……"

怪不得，原来她是外国人的妻子，如此说来，与其说是护士，不如说更像是洋人小妾的类型。我这么想着，越发拘谨起来，只知道一味地鞠躬。

"对不起，请问您学习舞蹈，是 first time 吗？"

这位鬈发女士立刻跟我交谈起来，可是她这个 "first

70

time"的发音特别做作，而且语速很快，我没听清楚，正不知如何回答时，旁边的杉崎女士接过话头：

"是啊，是第一次学。"

"哎呀，是这样啊。不过，怎么说呢，gentleman 比 lady，more more difficult，但是，只要开始学习，很快就能够，怎么说呢……"

她说的"毛——毛——"，我也没听出来，仔细一听，才明白是"more more"的意思。她把"gentleman"说成了"genleman"，"litre"说成了"lilre"，全都是以这样怪怪的发音，夹杂着英文说话的。而且她的日语发音也很奇特，说三句话，就要重复一次"怎么说呢"，说起话来犹如决堤的洪水那样滔滔不绝。

然后，她再度聊起了舒勒姆斯卡娅夫人、学习舞蹈、学外语、关于音乐等话题来……贝多芬的奏鸣曲怎么怎么好听，第三交响乐如何如何感人，某公司的唱片比某公司的质地好还是不好等等，我完全陷入了倾听的角色。我从这位布朗文夫人的饶舌来推测，她说不定是杉崎女士的钢琴弟子。而我遇到这样的场合，由于做不到很自然地说一句"我失陪一下"，恰到好处地抽身而退，只得夹在两个饶舌女人之间，一边喟叹自己不走运，一边百无聊赖地洗耳恭听。

这时，以长胡须医生为首的石油公司的职员们练习结束后，杉崎女士把我和奈绪美带到舒勒姆斯卡娅夫人跟前。先是奈绪美上场，然后是我——这大概是遵从女士优先的西洋流的礼节吧——她以极其流畅的英语把我们介绍给夫人。我记得此时，杉崎女士称呼奈绪美为"河合小姐"。我出于好奇心，很想瞧瞧奈绪美怎样和洋人应对，谁知平日自以为是的奈绪美，在夫人面前竟然变得不知所措了。夫人说了两句什么话，威严的眼里含着微笑，伸出手来时，奈绪美红着脸，说不出一句话，怯怯地跟她握了手。轮到我就更别提了，说实在的，我简直无法仰视她那白皙的雕刻般的五官，只是默默地低着头，轻轻握了一下夫人那戴着闪烁着细碎光辉的钻戒的手。

九

如各位读者所知，尽管我是个俗不可耐的粗人，却喜欢追逐时尚，凡事模仿西洋人。倘若我有足够的金钱，可以任性而为的话，我说不定会去西洋生活，娶西洋女人为妻。可是我没有这样的好命，只好退而求其次，在日本人当中娶了长得像西洋人的奈绪美为妻。还有一个原因，即便我是有钱人，对自己的外貌也没有自信。我的个头只有五尺二寸高，肤色偏黑，牙齿不整，想要娶身材高挑的洋人为妻，太没有自知之明了。日本人还是最好找日本女人做老婆，像奈绪美那样的就是最符合自己喜好的，这么一想，我还是挺满足的。

虽如此说，能够接近白人妇女，对我而言，毕竟是一种乐趣——应该说是超乎乐趣的荣幸。说实在的，我对自己的不善交际和缺乏语言天赋已然绝望，以为这样的幸运一辈子也轮不到我了。只有偶尔去看看外国人演出的歌剧，或是经常观赏外国电影，熟悉女演员的相貌，聊以弥补对她们的美貌梦幻般的仰慕。万万没有想到，竟然因为学习跳舞，有幸获得了和西洋女人——而且是伯爵夫人——接近的机会。且不说哈里松小姐那样的老太婆，我得到和西洋女人握手的"荣幸"，还是有生以来第一次。当舒勒姆斯卡娅夫人的"白手"向我伸过来时，我不禁胸口一阵悸动，以至于踌躇了一下，想是不是该握住那只手了。

奈绪美的手当然也很柔软纤秀，手指细长，不可说不优美。但是，夫人的"白手"不像奈绪美那样纤细，手掌厚实肉感，手指也是柔软修长，而又不过于纤细，毫无羸弱单薄的感觉，是那种"厚实"且"优美"的手。总之，给我留下了这样的印象。还有夫人手指上戴着的眼珠般闪闪发光的戒指，换作日本人戴的话，肯定让人厌恶，然而，她戴上反倒显得手指纤丽，气质高雅，平添了奢华之趣。最有别于奈绪美的，就是她的肤色白得出奇。那雪白皮肤下面的淡紫色血管隐约可见，令人联想大理石斑纹，美艳绝伦。以前，我总是抚摸着奈绪美的手赞美：

"你的手可真美啊。白得就像西洋人的手一样。"

可现在和夫人的手一比，很遗憾，还是不一样。奈绪美的肤色看似很白，却并非那种通透的纯白，看到夫人这双手之后，甚至觉得奈绪美的手显得黯黑了。还有一点也很吸引我，就是她的指甲。十根手指的指甲上全都有鲜明的月白，宛如同样的贝壳收集在一起似的，齐刷刷地散发着樱花色的光泽，而且指尖都修成尖尖的三角形，大概是西洋流行的样式吧。

正如我前面所述，奈绪美和我站在一起，比我稍矮一点，而夫人在西洋人里虽然个头不高，还是比我高一头，也许是因为她穿着高跟鞋，一起跳舞时，我的脑袋恰好位于她裸露的胸口。

"Walk with me!"

夫人说着，用手臂揽住我的后腰，教我走舞步的时候，我煞费苦心地为了不让自己这张黑黢黢的脸碰到她的皮肤。她那光滑洁净的皮肤，对我来说只是远望就已经非常满足了。就连跟夫人握手都觉得对不住她，更何况只隔着一层柔软的薄布，被搂在她的胸前，我觉得自己犯了什么大错似的，满脑子想的都是自己的呼吸是否有口臭，自己的这双油腻的手会不会让夫人不快，等等。她的头发偶尔掉下来一根，我也会吓得哆嗦一下。

不仅如此，夫人的身体散发着一股甘甜的气味。

"那个女人的狐臭味儿很重，特别难闻！"

后来我听到曼陀铃俱乐部的学生们这样议论过，听说西洋人大多有狐臭，夫人大概也是这样，为了消除难闻的气味，才总是喷洒香水的吧。可是，我对这种香水和狐臭混杂的酸甜气味，非但不讨厌，甚至感到难以形容的陶醉。这气味使我联想还不曾去过的大海彼岸的那些国家，以及世上绝无仅有的异国花园。

"啊，这就是从夫人的雪白身体里散发出来的香气吗？"

我只觉得神情恍惚，贪婪地嗅着那股气味。

像我这样笨拙的、很不适合舞场优雅气氛的男人，虽说是为了奈绪美，可是后来怎么去学了一两个月舞蹈呢？——坦白地说，就是因为舒勒姆斯卡娅夫人的存在。因为每个星期一和星期五，能够被夫人拥在怀里跳舞。这短短的一个小时，不知何时成了我无上的快乐。我一走到夫人跟前，就完全忘记了奈绪美的存在。这一个小时的跳舞时间，犹如醇香的烈酒，使我深深迷醉其中了。

"没想到让治这么用心啊，我以为你很快就会厌倦呢……"

"为什么？"

"你不是说过吗？'我哪里学得会舞蹈呀'。"

每当奈绪美这么说的时候，我总觉得有点愧对奈绪美。

"我原来以为学不会呢，不过，学起来真是很愉快啊。而且，医生不是常说吗，跳舞很锻炼身体。"

"瞧瞧，所以我说，什么事都不要想那么多，要尝试才行。"

奈绪美没有意识到我内心的秘密，这样笑着说。

学了相当一段时间后，夫人说已经学得差不多了，那年冬天我们就开始去银座的黄金国咖啡店了。那时候，东京还没有几个舞厅，所以除了帝国饭店或是花月园之外，那个咖啡店是近来才开始举办舞会的。由于饭店和花月园主要面向外国人，对服装和礼仪要求很高，所以我们觉得第一次还是去黄金国咖啡店比较好。当然这是奈绪美不知从哪里听来的传闻，就提议"一定要去那儿看看"，而我还没有去公开场所跳舞的勇气，奈绪美就瞪着我说：

"让治，这可不行！你怎么能说这么丧气的话呢？舞蹈这东西，光是练习，永远也学不好的。要去公共场合厚着脸皮跳舞，才能提高呀。"

"你说的自然没错，可是，我没有那么厚脸皮……"

"那就算了，我一个人去。……我叫阿浜和阿熊和我一起去跳。"

"阿熊，就是前几天在曼陀铃俱乐部见到的那个人吧？"

"没错，就是他。他一次也没有学跳舞，可是哪儿都敢去，跟什么人都敢跳。所以，现在已经跳得相当不错了。比让治跳得好多了。所以不厚脸皮就学不会呀。……还是去吧，好不好，我给让治当舞伴。……好吗，求你了，和我一起去吧！……乖乖的，乖乖的，让治真是乖孩子！"

终于决定去跳舞后，我们又开始了"穿什么衣服去"的马拉松长谈。

"哎，让治，我穿哪件衣裳好啊？

去跳舞的四五天前，她就开始张罗起来，把所有的衣服都翻出来，一件一件地穿上给我看。

"啊，那件好吧。"

最后我嫌烦了，随口应付道。

"是吗？这个不让人笑话吗？"

奈绪美对着镜子转来转去地看：

"怎么看都觉得别扭。我不喜欢这样的。"

她立刻把衣服脱掉，当成废纸似的一脚踢开，又拿起了一件，可是这件不好看，那件也看不上，最后就央告起我来：

"让治，给我做件新衣服吧！"

她还说什么：

"去跳舞应该穿得特别漂亮才行，这样的衣裳也太一般了。求你了，给我做一件新的吧！反正以后会经常去跳舞的，没有件像样的衣裳哪行啊。"

那个时候，我的月收入根本不够她这样大手大脚的。原来我在花钱方面很节俭，独身时候每个月的零花钱是固定的，剩下的即便很少也都存起来，所以，和奈绪美成家后，积蓄还是很可观的。我虽然沉浸在奈绪美的爱情中，但公司的工作绝不怠惰，仍旧是勤勤恳恳的模范职员。于是上司的信赖日渐增加，薪水也涨了，加上每隔半年的分红，平均月薪达到了四百日元。按照一般标准过日子的话，两个人应该绰绰有余，可是，我们总是入不敷出。细算起来，首先是每月的生活费，少算也得二百五十日元以上，有时候甚至达到三百日元。其中房租三十五日元——以前是二十日元，四年期间上升了十五日元——再刨去煤气费、电费、水费、柴火费、洗衣费等各种杂费后，还剩下二百日元左右到二百三四十日元，要问这些钱都花在哪里了，绝大部分花在吃上面了。

这也难怪，奈绪美还未成年的时候，只要一份牛排就心满意足了，不知从什么时候开始，她的口味越来越刁，一到吃饭的时候，就说"我想吃这个，想吃那个"。而且还懒得买食材自己做菜，常常在附近的餐馆点菜。

"啊，真想吃点好吃的东西啊。"

一旦觉得无聊，奈绪美必定会这么说。以前她只喜欢吃西餐，最近却变了口味，三回里就有一回说出"想尝尝某某店的汤菜""要一份某某饭馆的刺身尝尝吧"之类的话来。由于午饭我在公司吃，所以奈绪美总是一个人吃，可她自己这顿饭更加奢侈。傍晚，我下班回家后，常常看见在厨房角落里放着送餐店的饭盒或西餐馆的容器什么的。

"奈绪美，你又叫人送餐了吧！像你这样只买不做的话，太费钱了。一个女人，吃顿饭这样浪费，成何体统！”

即便被我这么训斥，奈绪美也一向不以为然。她噘起嘴来，躺倒在沙发上，反驳我说：

“可是，就因为是我一个人吃饭才这样的呀，做菜太麻烦了。”

每次都是这样，简直让人受不了。光是菜也就罢了，有时候她连米饭都懒得煮，也叫餐馆送。因此，一到月末，烤鸡串店、牛肉店、日本料理店、西餐店、寿司店、鳗鱼店、点心店、水果店等各处拿来的账单数额高得惊人，想不到她居然能吃掉那么多东西。

其次就是洗衣的费用。奈绪美连一双袜子都不洗，脏衣物全部送到洗衣店去洗，偶尔说她两句，她马上回嘴：

“我又不是女佣。经常洗衣服的话，手指就变粗了，还怎么弹钢琴呀。让治以前是怎么叫我的？不是叫我‘我的宝贝’吗？既然是这样，我这双手变粗了可怎么办呢？”

只有最初一段时间，奈绪美还干点家务，也下厨房做饭，这也就持续了一年半载的样子。所以，洗衣服还好说，最头疼的是家里变得越来越脏乱。脱掉的衣物乱扔，吃完的餐具也不收拾。碟子、茶碗、汤碗、脏内衣、裹腰布等等，总是扔在那里不洗。地板就不说了，椅子上、桌子上也都是尘土，她从来不擦。那个漂亮的印度印花窗帘也早已不见了昔日的模样，变得黑黢黢的。原来那样快活的“鸟笼子”般的童话之家，完全不见了踪影，一走进房间，就能闻到一股这种地方特有的刺鼻气味。我实在受不了，就对她说：

"好吧好吧，我来打扫，你去院子里吧。"

自己尝试着打扫房间，结果越是打扫，垃圾越多，而且由于东西扔得到处都是，想收拾也无从下手。

万般无奈，我雇了两三次女佣。可是，每个女佣都被这脏乱至极的屋子吓到，没有一个能干超过五天的。一是因为，我们原本没有雇人的打算，所以没有留出女佣睡觉的地方。其次，有女佣在，我们俩就不能随便地卿卿我我了，稍微亲昵一下也觉得受到拘束。更加上奈绪美见有人干活了，愈加肆无忌惮，干脆一点活儿也不干了，全都支使女佣干。就连让饭馆送餐也打发女佣去订，比以前反倒更加摆谱了。这样一来，请女佣就非常不划算了，而且妨碍我们的"游戏"生活，女佣会感觉难堪，我们自然也不喜欢有他人在旁边。

总而言之，每个月都要花费这么多，本打算从剩下的一百日元到一百五十日元中，每月存上十日元或二十日元的，可是由于奈绪美太能花钱，根本存不下来。

她每个月必须做一件衣服。即便是薄花呢或铭仙绸，也非要里子和面料同样布料，而且自己还不缝，要花钱请裁缝做，这样五六十日元又出去了。更可气的是，这样做出来的衣服，倘若奈绪美不中意，就塞到壁橱最里面，一次也不穿、而中意的衣服则一直穿到膝盖磨破了为止。因此，她的壁橱里塞满了破破烂烂的旧衣服。

再来说说她的木屐。草屐、低齿木屐、高齿木屐、晴天低齿木屐、双带木屐、外出木屐、家常木屐——这些木屐，从一双七八日元到二三日元，差不多每隔十天就买一双，积累下来也是一笔不小的开销。

"你这样穿木屐，太费钱了，穿鞋不好吗？"

我这么抱怨也没用，以前她还是像过去的女学生似的，喜欢穿裙裤和鞋。可是现在即便是去学习技艺，也要穿着便装和服、木屐，扭着腰身，风摆荷叶般地出门去。

她还把我看成了乡巴佬，居然说什么"别看我这样，也算是江户人呢，衣服差点儿可以将就，木屐可是不能没有的"。

至于零花钱，她也是以各种借口，不到三天就跟我要三日元五日元的，什么去听音乐会、乘车费、教材费、买杂志、小说等等。除此之外，还有她学英语和音乐的授课费，每个月必须缴纳二十五日元。以我四百日元的收入，负担上述花销，实在不堪重负，不但存不下钱，而且要不断地取钱贴补窟窿。结果，独身时代攒下来的一些积蓄，也被一点点地蚕食殆尽了。钱这东西，一旦花起来，转眼就没有了，这三四年来，用光了我所有的储蓄，眼下账户里已经没有一文钱了。

不幸的是，我这种人往往不善于赖账。就是说，若是不把每个月的账单结清就于心不安。因此，一到月末，我就为了还钱而苦不堪言。

"像你这样花钱如流水，到了月底可怎么办哪？"即使我这样抱怨，她也振振有词：

"还不上就欠着呗。……咱们三年四年都不会搬家，怎么就不能欠账呢。告诉他们半年一结的话，没有人不同意的。让治就是爱面子，不知变通，那怎么行啊。"

就是这样，她自己想买的东西全都付现金，而每个月月末付钱的欠账，都等我的分红发下来再还。然而，她还不愿意跟人家解释拖欠的原因。

"我可不喜欢去解释。这不是男人的事吗？"

一到月底，她就一走了之，不知跑哪儿逍遥去了。

所以，说我为了奈绪美，把自己收入全部奉献了也不为过。要让她尽可能穿得光鲜靓丽一些，不让她感觉花钱受约束，或者觉得我对她抠抠搜搜，让她随心所欲地成长——这些原本是我的初衷。所以，虽然我嘴上说受不了受不了，还是默认了她的奢侈。结果只好在其他方面节省，幸好我自己在交往上一向不花钱，不过，偶尔公司方面也会有聚会什么的，我能逃就逃，顾不得什么人情世故了。此外，自己的零用钱、服装费、午餐费都尽可能节省。每天乘坐的电车月票，也是给奈绪美买二等，我自己坐三等的。因她懒得做饭，叫饭馆送菜又太费钱，就由我来做饭做菜。可是，渐渐地，奈绪美又不乐意了。

"一个大男人怎么能老围着锅台转呀，太不像话啦。"

她还说：

"我说让治，你不要一年到头总是穿那身衣服，再穿得讲究一点儿好不好？光是我自己打扮得这么漂亮，让治穿得那么寒酸，我也不愿意啊。要是总这样，我就不和你一道出门了。"

不能和她一起出门，我就没有任何乐趣了，所以我也必须做一件所谓"讲究"的衣服了。而且和她一起出门时，也必须乘坐二等电车。就是说，为了不伤害她的自尊心，我还得陪着她一起奢侈才行。

当我为了上述开销而发愁的时候，最近又必须按月缴纳舒勒姆斯卡娅夫人的四十日元授课费，再加上给奈绪美置办跳舞的服装的话，实在周转不开了。可是，奈绪美根本不体谅我的苦衷，恰好赶上月底，她见我口袋里有现金，竟然不依不饶地非要我拿出来不可。

"可是，你也知道，现在把这点钱花掉的话，眼看到月底了，怎么过得了关呢？"

"总会有办法的。"

"你说总会有办法，什么办法呀？我可没有办法。"

"那我问你，咱们到底是为什么学习舞蹈呢？……那好，既然这样，从明天开始，我哪儿也不去了。"

奈绪美这样说着，大眼睛里噙满泪水，怨恨地瞪着我，沉下脸来不说话了。

"奈绪美，你生气了？……哎，奈绪美……你转过身来好吗？"

晚上，上床之后，我摇晃着背朝着我装睡的奈绪美的肩膀说道。

"听话，奈绪美，快点转过身来吧……"

我温柔地把她的身子一下子翻过来，奈绪美的柔软身体毫无抵抗，微微半闭着眼睛，顺从地朝我转过身来。

"你怎么了？还生我的气呢？"

"……"

"喂……何必生气呀，我会想办法的……"

"……"

"喂，睁开眼睛吧，睁开……"

我一边说，一边拨开她睫毛颤抖着的眼皮，如贝肉般露出来的眼珠，直盯盯地瞧着我，根本就没有睡觉。

"就用那笔钱给你买好了，可以吗……"

"可是，你不是说月底不好办吗……"

"那也没关系啊，总会有办法的。"

"你有什么办法呢？"

"我跟家里说说，让他们寄钱来。"

"会寄钱来吗？"

"嗯，当然会寄来的。我从来没有跟家里张口要过钱，而且咱们刚刚单过，各种花费肯定少不了，老妈也是知道的……"

"真的吗？可是这样对不住你母亲吧？"

奈绪美的口气显得很担心，其实，我已经隐约察觉到，她心里早就在想"那你为什么不跟家里说呢"。现在由我自己把这话说出来，正合她的心意。

"没事，没什么对不住的。只不过按照我的原则，一向讨厌跟家里要钱，所以没有这样做。"

"那么，是什么原因让你改变了原则呢？"

"看到你刚才伤心哭泣，觉得太可怜了呀。"

"真的吗？"

犹如潮水涌来一般，奈绪美胸脯起伏着，羞赧地微笑着问：

"我真的哭了吗？"

"你不是眼泪汪汪地说'以后哪儿也不去了'吗？你简直就是个长不大的孩子，大婴孩呀……"

"我的爸爸！可爱的爸爸！"

奈绪美猛地搂住我的脖子，犹如邮局工作人员盖邮戳那样，将她的朱唇在我的额头、脖子、眼皮、耳后，在我的整个脸上，飞速地亲吻了一个遍。她的亲吻，给了我像山茶花那样湿漉漉、沉甸甸，又柔软清香的无数花瓣飘落下来一般的快感，只觉得自己的脑袋仿佛掩埋在这些花瓣的香气之中一般。

"你怎么了，奈绪美，你怎么像疯了似的？"

"啊，我是疯了。……今天晚上我爱让治爱得让我发疯

85

啊。……你不会嫌我烦吧？"

"怎么会嫌烦呢。我也很高兴啊。高兴得快要发疯了。为了你，让我付出任何牺牲，我都心甘情愿。……哟，怎么了？你又哭了？"

"谢谢你啊，爸爸，我这是太感激爸爸了，才不知不觉流眼泪的。……你明白我的意思吗？不喜欢我哭吗？那就帮我擦掉眼泪吧。"

奈绪美从怀里拿出纸来，自己不擦，把纸塞进我的手里，定睛望着我，在我给她擦眼泪之前，又泪如泉涌，睫毛晶亮。啊，这是一双多么湿润、多么妩媚的眼睛啊！要是能将这美丽的泪珠变成结晶，收藏起来该有多好。我一边想，一边先擦去她脸颊上的泪珠，尽可能不触碰圆滚滚的泪珠，擦拭眼窝周边时，因皮肤受到抻拉，导致泪珠形成了各种形状，有时像凸镜片，有时像凹镜片，终于倏然坠下，在我刚擦净的脸上，再度留下一条条闪光的泪痕。于是我再次为她擦拭脸颊，揩干还有些湿润的眼睛，最后将那纸巾按在她轻轻抽泣的鼻孔上，说：

"快擤擤鼻涕吧。"

她顺从地擤了一下鼻涕，就这样让我为她擤了好几次鼻涕。

第二天，奈绪美跟我要了二百日元，自己去了三越百货店。我在公司，趁午休时，给母亲写了封初次跟家里要钱的信。

"……由于近来物价太高，和两三年前大不相同，尽管省吃俭用，仍是月不敷出，都市生活着实艰难……"

我记得信里是这样写的，一想到自己竟变得如此大胆，对母亲这样信口开河地说谎，自己也感到很害怕。但是，母亲很相信我，对儿子心爱的妻子奈绪美也很慈爱，这一点从两三天后的回信可以清楚地看出。在信中，母亲叮嘱我"给奈绪美买件新衣吧"，信封里还有一张汇票，比我索要的还多给了一百日元。

十

黄金国咖啡店的舞会是在周六晚上，由于是七点半开始，我五点左右从公司回了家。只见奈绪美已经洗完了澡，正赤裸着身子，忙着化妆呢。

"啊，让治，衣服已经做好了。"

她从镜子里一看到我就马上说道，一只手伸向背后，指着沙发。请三越赶做出来的和服和宽幅腰带已经打开了包装，沙发上都摆满了。和服是里面加了棉花的夹衣，布料大概叫作金纱绉，在黑红底色上，点缀着黄花和绿叶。腰带上用银丝线绣出的两三条波纹闪闪烁烁，波纹中星星点点地漂浮着御座船那样的古船。

"怎么样，我的眼光不错吧？"

奈绪美将两只手上的湿白粉，朝着还在冒热乎气的丰满肩膀和脖颈，啪唧啪唧地拍打起来。

说实话，她肩膀厚实，臀部硕大，胸部高耸，不太适合穿着这种如水般柔软的布料。她穿薄呢或铭仙绸料子时，颇具有混血姑娘般异国风情的美，可是换成这样上档次的衣裳，反而显得低俗不堪，色彩越是花哨，越是像横滨一带的小饭馆里的女人，给人粗鄙的感觉。看她一个人扬扬自得的样子，我没有加以反对，只是想到要和穿得这么刺眼的女人，乘坐电车招摇过市，去舞厅跳舞，不由得心里一阵哆嗦。

奈绪美打扮停当后，稀罕地给我拿来服装，还亲自掸去灰尘，熨平展了，督促我说：

"快点吧，让治，你得换上藏蓝色的西装。"

"我还是喜欢茶色的。"

"真傻呀，让治！"

她照例是用训斥的口吻，瞪着我：

"参加晚宴是必须穿藏蓝色西装或晚礼服的。而且衬衫的领子也要戴上衬领，这是礼仪，以后可要记住啊。"

"是吗，还有这一说呀。"

"当然有啦。你想赶时髦，连这个都不懂，那怎么行啊。这套藏蓝色西装够脏的，不过，西服只要没有褶皱，还有型就可以的。好了，我已经给你熨好了，今晚就穿着它去吧。过几天，一定要做一件晚礼服。不然的话，我就不跟你跳舞了。"

然后，她还告诉我，领带要系藏蓝色或黑色无花纹的，最好是打领结。鞋子应该穿漆皮鞋，没有的话，可以穿普通的黑色皮鞋，红皮鞋不能在正式场合穿。袜子按说最好是丝袜，至少要穿纯黑的袜子……不知是从哪儿听来的，奈绪美不单对自己的装束很在意，连我穿什么也要一一干涉，这样一来二去耽搁了好长时间，才算出了家门。

到达舞厅时已经过了七点半，舞会早已开始了。我们在喧闹刺耳的爵士乐声中，走上楼梯，来到充当舞厅的餐厅门口。里面的椅子都搬空了，门口贴着一张告示，上面写着：

Special Dance——Admission : Ladies Free, Gentlemen ￥3.00。[1]

一个服务生在收取门票。原本这里就是咖啡馆，所以虽叫作舞厅，也没有多大地方。我看了一圈，大约有十对舞伴在跳舞，不过已经相当热闹了。房间的一侧有两排桌椅，买了票入场后的人，都可以占据一个席位，随时坐下休息，同时观看其他人跳舞。这儿一堆那儿一堆的不认识的男男女女在聊天，奈绪美一走进舞厅，人们就交头接耳地议论起来，以只有这种地方才能看到的某种异样的、半怀敌意半是蔑视的眼神，追逐她

1　特别舞会——入场：女士免费，男士收费三日元。

那花里胡哨的身影。

"嗨，嗨，那边来了个那种女人。"

"跟她一起的男人是什么人啊？"

我感觉他们这样窃窃私语着。他们的视线不仅投射到奈绪美身上，还投到畏缩地站在奈绪美身后的我身上。我的耳朵被交响乐震得嗡嗡作响，看着眼前跳舞的人们……他们都比我跳得好很多，形成了一个大大的环状，一圈又一圈地旋转着。此时，我想到自己不过是个五尺二寸的矮小男人，肤色如同土著人那般黝黑，牙齿也参差不齐，穿着两年前做的土气西服，不觉脸上火烧火燎的，身体微微颤抖起来，心里发誓"以后再也不来这儿了"。

"老在这儿站着怎么行啊。……应该到那边的……桌子那边去呀。"

奈绪美也有些胆怯似的，小声对我耳语道。

"可是，怎么去那边呢，从跳舞的人中间穿过去，可以吗？"

"可以呀，肯定可以……"

"可是，撞到人家可不好吧。"

"小心别碰到就行了。……你瞧，那个人不是也从他们中间穿过去了吗？所以说没事的，过去吧。"

我跟在奈绪美后面，从跳舞的人们中间横穿过去了，可是，腿一个劲儿地打哆嗦，地面又特别滑溜，好不容易才走到对面。记得差一点要滑倒时，"真是的"，奈绪美绷着脸瞪了我一眼。

"啊，那边有空位子。咱们就坐那张桌子吧。"

奈绪美到底比我脸皮厚，在众人的目光中，若无其事地穿过跳舞的人，在一张桌子前坐了下来。不料，她那么期待跳舞，却没有马上邀我一起跳舞，好像有些心神不定似的，从手提包里取出手镜，悄悄补起妆来。

"你的领带朝左歪了。"她暗中提醒我，眼睛一直盯着舞场方向。

"奈绪美，浜田君也来了吧？"

"不要叫我奈绪美，要叫奈绪美小姐。"

奈绪美说着，脸又绷起来：

"阿浜已经来了，阿熊也来了呀。"

"是吗，在哪儿呢……"

"你瞧，在那儿……"

紧接着，她慌忙压低声音斥责我："不要用手指，不礼貌！"

"你看见那边的，和那个穿着粉红色裙子的小姐跳舞的人吗，他就是阿熊。"

"你来啦。"

这时，阿熊一边说着，一边往我们这边转了过来，他越过女伴的肩头，朝我们嘿嘿笑。他的舞伴是一位个子很高、裸露着两只性感长臂的胖女子。一头浓密的，或者说是乱糟糟的黑发剪到肩膀，还蓬蓬松松烫成了狮子头，用发带束成头箍式样。至于她的相貌，则是红扑扑的脸蛋儿，大眼睛，厚嘴唇，外加纯粹日本式的、浮世绘里也能看到的鼻梁细长的瓜子脸型。我对女人的容貌虽说也比较注意，还从未见过如此不协调的奇妙长相。看来这女人对自己太日本人的相貌颇感不幸，才费尽心思让自己显得洋气。仔细端详她，凡是暴露在外面的皮肤都无遗漏地抹上了一层白粉，眼睛四周打了油漆般闪闪发亮的青绿色眼影。那红扑扑的脸蛋儿，无疑是涂了腮红，再加上横缠在额头上的缎带，恕我直言，怎么看都像个怪物。

"喂，奈绪美……"

我不小心又这样叫了她，赶紧改了口，然后问道：

"那个女的难道也是名媛吗？"

"当然啦。虽说看上去很像卖淫的，不过……"

"你认识她吗？"

"不认识，不过，经常听阿熊说起她。你瞧，她头上不是缠着缎带吗？据说是因为那位小姐的眉毛长在额头上边，那样系缎带是为了遮盖，在缎带下面另外画眉毛。你仔细看看，那眉毛是画上去的。"

"不过，模样长得还不算太差。我是看她脸上涂得又红又蓝的，才觉得好笑的。"

"她就是个傻瓜。"奈绪美似乎渐渐恢复了自信，用平日惯用的自负语气断言，"模样也不怎么样啊。原来让治觉得那种女人是美女？"

"虽然算不上是美女，但鼻梁高，身材也不错，正常化妆的话，还是挺受看的。"

"别瞎说！有什么受看的！那种长相遍地都是啊。再说了，为了显得洋气，拼命打扮就算了，遗憾的是，一点也不洋气，这不是出洋相吗？简直像个猴子。"

"和浜田君跳舞的那位，好像在哪里见过。"

"当然见过啦。她就是帝国剧院的春野绮罗子啊。"

"真的？浜田君认识绮罗子吗？"

"认识呀。他舞跳得好，结交了好多女演员呢。"

浜田穿着浅茶色西服，巧克力色的牛皮鞋，还套着鞋套。他迈动着轻快娴熟的舞步，在人群中也相当引人注目。令人匪夷所思的是，他和女伴脸贴着脸，我不清楚有没有这种跳法。只见那娇小的绮罗子，手指纤细如象牙，被浜田紧紧搂住的柳腰弯弯欲折，比在舞台上看到的扮相漂亮多了。她身着恰如其名的绮丽罗裳，系一条不知是绸缎还是织锦的黑色腰带，上面有金线和墨绿丝线织出的蛟龙。女方个子矮，浜田就像嗅她头发的气味似的歪着头，耳朵贴在她的鬓发上。绮罗子也是一样，额头紧靠着浜田的脸颊，眼角都挤出了皱纹。两人紧贴的脸上，四只眼睛忽闪不停，身体虽时而分开，两个脑袋则一直贴在一起旋转着。

“让治，你知道那是什么舞吗？”

“不知道是什么跳法，就是觉得不像样子。”

“就是，太下流了。”

看奈绪美的嘴型就好像“呸呸”吐唾沫似的。

“那叫作贴面舞。据说不能在正规场合跳。在美国要是跳这种舞，会让你退场的。浜田还好说，那个女人简直让人看不下去。”

“那个女人也太不检点了。”

“那是当然啦，女演员就是那样的嘛，这地方按说就不应该让女演员来。她们一来，真正的淑女们就不来了。”

“男人也是啊，你跟我说了那么多规矩，可是穿藏蓝西服的人有几个呀？浜田君不是也穿得很随意吗……”

我一开始就注意到了这点。貌似懂行的奈绪美，道听途说来所谓礼仪，非要我穿藏蓝西服来舞场，可是，来了一看，穿这样服装的只有两三个人，穿晚礼服的一个人也没有，其余的人穿的都是其他颜色的讲究的衬衫。

“虽说是这样，那是因为阿浜不该那样穿，穿藏蓝西服才正式啊。”

“可是……你看那个西洋人，他穿的不也是粗呢西服吗？所以穿什么都可以的吧。”

“不是那样的。不管别人怎么样，自己要穿正式才行。西洋人那样穿着，是因为日本人不讲究的缘故。而且，像阿浜那样舞技超群的常客另当别论，让治要是不穿得像样一些可就不行了。"

这时，舞场那边跳舞的人们忽然停了下来，响起了鼓掌声。乐队停止了演奏，他们都想多跳一会儿，又是吹口哨，又是跺脚的，叫喊再来一遍。于是音乐又响起，停止了的人流再次旋转起来。跳了一阵子又停了，再次叫喊……这样重复了两三次之后，无论怎样拍手也不奏乐了。于是男人跟在女伴后面，护卫着女士一般，一同回到桌子这边来了。浜田和熊谷，分别把各自的女伴绮罗子和粉红色连衣裙女人送到桌子边，让她们坐在椅子上，对女人鞠了一躬后，两个人都朝我们这边走过来。

"哎呀，晚上好！你好像一直没有跳呀。"浜田说。

"怎么了，不想跳舞吗？"熊谷照例是一口粗俗的腔调，直直地站在奈绪美身后，低头打量着她的盛装。

"要是没有别的邀约，下支曲子跟我跳吧。"

"不愿意，阿熊跳得太差劲了！"

"瞎说。我可是无师自通啊，居然还能跳这么好，太神奇了。"

他张开大蒜头鼻孔，嘴咧成八字，嘿嘿笑起来。

"天生就是这么机灵，没法子。"

"哼，少吹吧！你和那个粉红裙跳舞时的样子，简直叫人没法看。"

令人吃惊的是，奈绪美一跟这个男人说话，马上就变得满口粗话了。

"唉，这得怪那个家伙了。"

阿熊缩着脖子，挠着头发，回头朝远处坐在桌边的粉红裙女人瞅了一眼，说：

"要说我就够脸皮厚的了，不过，跟那个女人比起来，真是小巫见大巫。人家穿那么一条裙子，居然敢跑这儿来跳舞呢。"

"瞧她穿的什么玩意啊，简直像一只猴子。"

"哈哈哈，猴子？猴子也太形象了。绝对是一只猴子。"

"你就会说好听的，还不是你自己带来的？说真的，阿熊，她那打扮也太难看了，你得提醒她一下。就算她想要穿得洋气一些，可也得看看自己的面孔呀。日本得不能再日本了，纯粹的日本人。"

"可悲的努力啊。"

"哈哈哈哈，没错。是猴子的可悲努力。洋气的人即使穿和服，也照样洋气。"

"就是像你这样吧。"

奈绪美使劲"哼"了一声，得意扬扬地冷笑着说：

"那当然，还不如我像混血儿呢。"

"熊谷君。"

浜田似乎对我有些顾忌，踌躇着叫阿熊。

"这么说，你和河合先生是初次见面了？"

"啊，好像见过几次……"

被称为"熊谷"的阿熊，仍旧站在椅子后面，越过奈绪美的后背，直盯盯地朝我投来厌恶的视线。

"我叫熊谷政太郎。自我介绍一下，请多……"

"本名熊谷政太郎，又叫阿熊……"奈绪美抬头瞧着熊谷的脸。

"唉，阿熊顺便自我介绍一下如何？"

"不行，不行。话说多了，就会露馅儿的。……详细情况还是请奈绪美小姐告诉您吧。"

"什么呀，讨厌，详细情况我怎么知道呀。"

"哈哈哈哈……"

我和这些家伙在一起感觉不愉快，可是，看奈绪美兴高采烈的，我也只好笑着说：

"我看，浜田君和熊谷君，都请这边坐吧。"

"让治，我口渴了，要点饮料吧。阿浜，你想喝什么？柠檬苏打水？"

"好，我什么都行……"

"阿熊，你呢？"

"你请的话，我想喝碳酸威士忌。"

"哟，真没想到，我最讨厌喝酒的人了，臭气熏天的！"

"臭也不错呀，俗话说，闻着臭吃着香嘛。"

"你是说那只猴子吗？"

"你又来了，别老拿这个打岔。"

"哈哈哈哈……"

奈绪美无所顾忌地笑得前仰后合。

"让治，叫一下服务生吧。……碳酸威士忌一杯，柠檬苏打水三杯……啊，等等，等等！我不要柠檬苏打水了，还是要果汁鸡尾酒。"

"果汁鸡尾酒？"

我很奇怪，这些从来没有听说过的饮料，奈绪美怎么会知道呢？

"鸡尾酒，不就是酒吗？"

"乱说什么呢，让治根本就不懂啊。阿浜、阿熊，我告诉你们，这个人就是这么老土。"

奈绪美说"这个人"的时候，用食指轻轻点着我的肩膀。

"所以，说实在的，要是和他两个人来跳舞，可就无聊死了。总是呆头呆脑的，刚才差点滑倒了呢。"

"地面太滑了嘛。"浜田为我辩护似的口吻。

"起初谁不是呆头呆脑的呀，慢慢习惯了，就变得像模像样了……"

"那我怎么样啊？我也变得像模像样了吗？"

"哪里，你可不一样，奈绪美胆子大……社交天才嘛。"

"阿浜不也是天才吗？"

"什么，我吗？"

"当然啦。你和春野绮罗子不知什么时候交上了朋友！是吧，阿熊，你觉得呢？"

"嗯，嗯。"熊谷噘起下唇，缩着下巴点点头。

"浜田，你是不是在追求绮罗子？"

"别逗了。我怎么会那么做啊。"

"不过，阿浜红着脸辩解，就很可爱呀。还算有点老实。我说阿浜，把绮罗子叫来好不好？把她叫来吧！给我介绍一下呀。"

"你是不是又打算拿人家说笑呀？碰上你这毒舌，真是受不了。"

"不用担心。我不会胡说八道的，叫她来吧。人多热闹。"

"那么，我也把那个猴子叫来？"

"啊，这样好，这样好。"

奈绪美回头对熊谷说：

"阿熊也把猴子叫来，大家在一起多好啊。"

"嗯，好吧。可是，舞曲已经开始了，和你跳完这一曲再说吧。"

"我讨厌和阿熊跳舞，可是没法子，就跟你跳吧。"

"别这么说呀，你刚学会跳舞，就这么摆谱。"

"让治，我去跳一圈就回来，你就在这儿看着吧。回头我就跟你跳。"

我想自己刚才一定是露出悲伤怪异的表情，奈绪美霍地站起来，和熊谷挽着胳膊，进入再度疯狂转动的人流中去了。

"下一个是第七支舞曲狐步舞……"

浜田和我两个人，似乎也不知该找什么话题，他从口袋里掏出节目单看着，然后慢慢站起身来，说："抱歉，我先失陪了。下一首要和绮罗子跳舞。……"

"好，请自便。"

我只得一个人面对着这四杯饮料——他们三人离开后端来的碳酸威士忌和所谓的"果汁鸡尾酒"，茫然地望着舞厅里的景象。原本我就不想跳舞，只是想看看奈绪美在这种场合，是怎么吸引人眼球，以怎样的姿态跳舞的，所以反倒乐得这样。于是，我以获得解放的心态，一心追踪着在人流中隐约浮现的奈绪美的身影。

"嗯，跳得蛮不错！……这样就不至于被人笑话了……学这类玩意，这孩子就是快……"

她穿着可爱的舞蹈草屦和白布袜，踮着脚一圈圈旋转时，艳丽的和服长袖随之飘动起来。每当她迈出一步，和服的前襟下摆便如蝴蝶般翻飞。她那像艺伎弹拨三弦琴那样，轻摁在熊谷肩头的雪白手指；厚实地系住腰间的绚烂腰带；宛如鲜花般鹤立鸡群的脖子、侧脸、正脸、后脖颈……如此看来，和服的确不可小觑啊。不仅如此，也许是由于那个粉红裙女子以及其他穿着各异的女人的存在，我暗自担心的奈绪美低俗的衣着品位，感觉也并非那么不堪入目了。

"啊——啊，好热！好热！怎么样，让治，看到我跳舞了吗？"

跳完舞，奈绪美一回到桌子来，赶忙把果汁鸡尾酒杯拿到自己面前。

"啊，一直看着呢。跳得那么好，怎么看都不像是刚学会跳舞的呀。"

"是吗？下一曲，跳单步舞的时候，我和让治跳，好吗……单步舞很好学的。"

"浜田君和熊谷君他们呢？"

"嗯，他们马上就过来，带着绮罗子和猴子。……果汁鸡尾酒，多要两杯就好了。"

"刚才粉红裙女子好像是和洋人跳舞吧。"

"是啊，你说是不是特滑稽啊……"

奈绪美瞧着杯底，咕噜咕噜地润着干渴的嘴，对我说：

"听说那个洋人也不认识猴子，就突然来邀请猴子跳舞。其实这是瞧不起她，也不自我介绍就请女士跳舞，肯定把她当成卖淫的了。"

"拒绝他不就完了？"

"要不怎么说滑稽呀。那个猴子也是，觉得对方是洋人，不好意思拒绝，就跟他跳舞了！纯粹是个傻瓜，不知羞耻！"

"不过，你也没必要说得这么难听。我听着直担心。"

"没事。我就是要让她明白。……你不知道，对那种女人，就得这么说她才行。不然的话，会让我们跟着她蒙羞的。阿熊也说过，她那样子可不行，得提醒她注意呢。"

"男人可以这么说……"

"等一下，阿浜带着绮罗子过来了。女士来了，你要马上站起来啊……"

"我来介绍一下……"

浜田走到我们二人面前，像个士兵似的，"啪"的一个立正。

"这位是春野绮罗子小姐。……"

在这种场合，我很自然地会以奈绪美的美为标尺，来衡量这个女人的姿色是否压过奈绪美。绮罗子从浜田身后迈出一步，一副温雅柔媚的样子，嘴角浮出悠然自信的微笑。她比奈绪美大一两岁的样子，不过，也许是身材娇小的缘故吧，在活泼可爱、楚楚可怜这一点上，和奈绪美不分高低，衣裳的奢华则更胜一筹。

"初次见面……"

她很优雅地问候道，垂下聪敏而小巧玲珑的杏核眼，微微弯腰鞠躬，看她的仪态，不愧是女演员，丝毫没有奈绪美那样的粗鲁之感。

奈绪美的行为举止已活泼过头、粗野有余了。说话也是硬邦邦的，缺少女性的温柔，显得低俗。一句话，她就是一只野生动物，相比之下，绮罗子仿佛是经过精雕细琢、完美无瑕的贵重品，从说话口吻、美目流盼，到一颦一笑、一举一动，都是那样洗练得体。比如说，看她坐在桌边，握住鸡尾酒杯时，从手掌到手腕都纤细无比，柔弱得仿佛经受不住沉甸甸下坠的和服袖子似的。在皮肤的细腻和光泽上，和奈绪美不分伯仲，我多次比较放在桌子的四只手，也看不出差异来，但是，两个人的面部却大相径庭。如果说奈绪美是玛丽·皮克福特，是美国姑娘的话，绮罗子就是意大利或法兰西那种地方的温婉中见妩媚的妖娆美女。比作鲜花的话，奈绪美盛开在原野，而绮罗子绽放于温室。她那标致的圆脸当中的小鼻子，简直太精巧、太通透了！哪怕是婴儿的鼻子，也未必有如此精巧，除非是著名工匠制作出来的人偶。最后一点，就是奈绪美一向引以为自豪的珍珠颗粒样的漂亮牙齿，也同样如种子一般，齐刷刷地镶嵌在绮罗子那宛如被切开的通红的西瓜般可爱的口腔中。我感觉自愧不如时，奈绪美一定也有此同感。绮罗子换座位之后，奈绪美一改之前的傲慢，别说嘲讽别人了，突然沉默不语了，

103

结果搞得大家都冷了场。不过，奈绪美是从来不服输的，既然自己提议"把绮罗子叫来"，便很快恢复了素来喜欢胡闹的毛病，信口开河起来。

"阿浜，别闷着，说话呀。……请问绮罗子小姐，你是从什么时候和阿浜好上的？"

"我吗？"绮罗子睁大了清澈的眼眸，"从前几天开始的。"

"我刚才看你跳舞了，非常好看。是不是经常苦练呀？"

奈绪美的措辞也跟着对方优雅起来。

"没有，我以前就学过跳舞，不过，总是没有长进，太笨了，所以……"

"哪里，怎么会呢。是吧，阿浜，你说呢？"

"跳得当然很棒啦。绮罗子小姐是在女演员培训所里，学过正规跳法的。"

"哎哟，瞧你说的。"绮罗子脸唰的红了，羞涩地低下了头。

"真的很棒啊。据我看来，男的最棒的是阿浜，女的是绮罗子小姐……"

"真是不好意思。"

"什么意思，跳舞水准品评吗？男的跳得最棒的，理所当然是我呀……"

这时，熊谷带着粉红裙女子加入进来了。

这位粉红裙女子，据熊谷介绍，是住在青山那一带的某实业家的千金，名叫井上菊子。二十五六岁的样子，适婚期快要过去了——这是后来听说的，两三年前她已出嫁，可是由于酷爱跳舞，最近离婚了。她特意穿上那种夜礼服，裸露出肩膀，想必是要炫耀自己丰满的肉体美吧。可是这样面对面一看，与其说丰满，不如说是个肥硕的半老徐娘。当然了，比起瘦弱的身材来，倒是这身赘肉更适合穿洋装。最要命的还是她的容貌。就像给洋娃娃安了个京都人偶的脑袋似的，她的长相和洋装相去甚远，其实顺其自然就挺好，可她偏要费尽心机，多此一举地想跟洋气沾点缘分，结果，原本还过得去的容貌也被糟蹋了。仔细打量，原有的眉毛，无疑被隐藏在发带下面，眼睛上面的眉毛明显是勾画出来的。还有蓝色眼影、腮红、假黑痣、唇线、鼻梁线……脸上的所有部分都化妆得十分不自然。

"阿熊，你讨厌猴子吗？"

奈绪美突然开口说道。

"猴子？"

熊谷使劲忍住笑，问道：

"为什么问这么个奇怪的问题？"

"我家里养着两只猴子呀。所以，要是阿熊喜欢的话，我就送你一只吧。怎么样？阿熊不喜欢猴子吗？"

"真的？你家养猴子了吗？"

菊子一脸认真地问，奈绪美更来劲了，忽闪着好搞恶作剧的眼神说：

"是啊，养着呢，菊子小姐喜欢猴子？"

"我什么动物都喜欢，狗也喜欢，猫也……"

"那么也喜欢猴子了？"

"是啊，也喜欢猴子。"

由于这段对话太好笑了，熊谷侧过头去笑弯了腰，浜田用手帕捂着嘴咻咻笑，绮罗子也好像意识到了，嘻嘻地笑着。然而，菊子看来是个厚道女子，并没有意识到自己被人嘲弄了。

"哼，那个女的太蠢了。她是不是脑子里缺氧啊。你说呢，绮罗子小姐，你没觉得很像吗？"

不久，第八支舞曲单步舞开始了，熊谷和菊子去跳舞了。于是，奈绪美当着绮罗子的面也无所顾忌、口不择言地说起来。

"是吗，什么很像啊……"

"我是说，那位很像猴子吧，所以我是故意跟她谈论猴子的。"

"是吗？"

"大家都在笑，她还没有意识到，真是够愚蠢的。"

绮罗子以半是惊讶半是轻蔑的眼神偷窥着奈绪美的表情，一味说着"是吗"应付着她。

十一

"来吧，让治，该跳单步舞了。我给你当舞伴，来吧。"

等到奈绪美对我这样说时，我才有幸和她跳舞。

我虽然觉得不好意思，可是此时要实地操练平日的练习，舞伴又是可爱的奈绪美，绝无不高兴之理。哪怕我跳得很笨拙，让人笑话，但我越是笨拙越是衬托出奈绪美的美，正合我意。而且，我还有着奇特的虚荣心，就是渴望被别人议论"那个人好像就是那个女人的丈夫"。换句话说，我想要自豪地炫耀"这个女人是属于我的。怎么样，你们瞧瞧我的宝贝多好啊"。这么一想，我就感到脸上有光，也特别痛快。只觉得迄今为止为她付出的所有牺牲和辛劳，都得到了补偿。

看奈绪美刚才的表现，我觉得今晚她大概不想和我跳舞，可能是嫌我跳得太差劲吧。不愿意就不愿意吧，她不找我，我也不会主动要求跟她跳的。就在我已经不抱希望的时候，她主动表示"我给你当你舞伴"，她这句话不知让我有多么喜出望外呢。

于是我就像得了热病一样，拉着奈绪美的手，第一次在舞厅跳起了单步舞，到此为止我还记得，后来的事就兴奋得记不清了。越是兴奋，就越是听不清音乐，舞步也乱了，我只觉得眼睛发花，心跳加速。在舞场跳舞，和在吉村乐器店的二楼上，听着电唱机练习的时候，感觉完全不同，在这人潮涌动之中航行，我根本搞不清何时该往前去、何时该往后退。

"让治，你发什么抖呀？这样慌慌张张的，怎么跳啊！"

奈绪美一直在我的耳边训斥我。

"你看看，又打滑啦！就因为你转得太快了呀！再慢一点！听见没有，再慢一点！"

被奈绪美这么一说，我更加头昏脑涨了。再加上那天的地面，特别为晚上的舞会打得格外光滑，我照着那个乐器店的练习场地的感觉跳舞，稍不小心，脚下就打出溜。

"你瞧你瞧！不是跟你说不要耸肩吗！这边的肩膀再低一点！低一点！"

奈绪美说着，甩开被我紧紧握着的手，不时地使劲摁我的肩膀。

"啧，你这么使劲攥着我的手干什么呀！紧紧贴着我的话，我还怎么跳舞呢！……瞧瞧你，肩膀又高了！"

这简直就像是为了听她训斥而跳舞了，可是就连她的唠叨，我都激动得听不进去了。

"让治，我不想跳了。"

奈绪美终于生气了，其他人还在兴高采烈地要求乐队再来一遍时，她却扔下我，头也不回地回到座位那儿去了。

"啊，真受不了。我实在没法跟你跳舞了。你回头还得自己多练练。"

这时浜田和绮罗子过来了，熊谷过来了，菊子也来了，桌子周围又热闹起来，而我却浸泡在幻灭的悲哀中，默默地充当着奈绪美嘲弄的对象。

"哈哈哈哈，让你这么一说，胆小的人不就更不敢跳了吗？别这么说，你就跟他跳吧。"

听了熊谷这句话，我又恼火起来。

什么"跟他跳吧"，哪有这么说话的。你把我当什么人了？这个浑小子！

"其实，他不像奈绪美说得那么差劲啊。比他更差的不是有的是吗。"浜田说，"怎么样，绮罗子小姐，下支曲子是狐步舞，你跟河合先生跳好不好？"

"好的，请吧……"

绮罗子毕竟是演员，很客气地点了点头。我却慌忙摆摆手，惶恐地说：

"哎呀，这可不行啊，这可不行啊。"

"有什么不行的呀。像您这样客气，才不好呢。是吧，绮罗子小姐？"

"是啊……请吧，真不用客气。"

"那怎么行啊。真的不行。等我学会了，再拜托啦。"

"既然人家说跟你跳，你就跟她跳呗。"

奈绪美不容辩白地说。就好像跟绮罗子小姐跳舞，对我来说是多么荣幸的事似的。

"让治就想和我一个人跳，所以学不好呀。……好了，狐步舞开始了，你去跳吧。跳舞就是要多和其他人跳，才能进步。"

"Will you dance with me？"

这时我听到有人说了这么一句英语，径直来到奈绪美身旁，此人正是刚才和菊子跳舞的那个身材修长、像女人似的脸上抹了白粉的年轻洋人。他朝奈绪美弯下腰，微笑着语速飞快地叽哩哇啦说着什么，大概在说什么恭维话，我只能听懂他用厚颜无耻的口气说的"please please"这个词。奈绪美也露出为难的表情，脸红得像一团火，可是又不能生气，脸上笑吟吟的。她不是不想拒绝对方，但怎样表达才最委婉，以她的英语水准，在这种时候，是一个字也说不出来的。可是洋人见奈绪美笑了，以为她愿意，便说了一声"请吧"，做了个邀请的手势，执拗地等着她回答。

奈绪美说了声"Yes"，很勉强地站起来时，脸蛋变得更红了。

"哈哈哈哈，别看她那么傲慢，碰到了洋人，就没脾气了。"

熊谷咯咯地笑起来。

"洋人脸皮太厚，真是没办法。刚才我也是为难极了。"

说这话的是菊子。

"那就谢谢了。"

由于绮罗子一直在等我，我就是不愿意，也不得不这样说。

虽说不单是今天这样，但严格地说，我的眼里除了奈绪美，看不到别的女人。当然看到美女的话，我也会觉得好看，但是，越是觉得美丽，就越是只想远远地观瞧，而不去触摸她们。舒勒姆斯卡娅夫人是个例外，即便是她，当时自己感受到的恍惚心境，恐怕也不属于一般的情欲。这是不同于"情欲"的那种虚无缥缈、无法捕捉的梦幻感觉。而且对方是和我们全然不同的洋人，又是舞蹈教师，所以和绮罗子比起来，自然会感到轻松，她是日本人，又是帝国剧院的女演员，而且衣着光鲜亮丽。

然而，出乎我意料的是，和绮罗子跳舞时，我感觉特别轻盈。她的身体轻软如绵，手臂柔软得如同嫩叶一般。而且非常好地把握了我的节奏，即便和我这样的笨舞伴跳舞，也能像很有灵气的马一样默契地配合我。这样一来，我从这轻松感觉中，获得了难以言表的快感。我立刻鼓起了勇气，脚下很自然地踩着轻快的节奏，宛如乘坐在旋转木马上似的，极其流畅自如地转个不停。

"太愉快了！真是不可思议啊，太有意思了！"

我心里不禁这样感叹。

"哇，您跳得太棒了。一点儿也不觉得费劲啊。"

……一圈又一圈，像水车般旋转之时，绮罗子的声音掠过

111

我的耳畔。……那是温和而轻柔的绮罗子甜美的声音。……

"不好，我跳得不好。是因为您跳得好。"

"哪里，真的很好……"

过了片刻，她又说：

"今天晚上的乐队非常不错啊。"

"是啊。"

"音乐不好的话，跳舞也觉得没意思了。"

这时我忽然看到，绮罗子的嘴唇恰好在我的太阳穴下面，就像刚才和浜田跳舞时那样，她的鬓角触碰着我的脸颊，看来这个女人一向喜欢这样跳舞。她柔软的头发抚弄着我的脸……时而吐露的呢喃细语……对于长期以来被悍马般的奈绪美践踏的我而言，这感觉无异于不曾想象过的"女人味儿"的极致。不知怎么，恍惚中觉得她正在用温柔的手，抚摸着我被荆棘划破的伤痕……

"我真想断然拒绝他，可是洋人在这儿没有朋友，不同情他一下，怪可怜的。"

不久，奈绪美回到桌子来，带着一丝沮丧辩解道。

第十六支舞曲华尔兹结束后，已经十一点半了。后面还有几支临时增加的曲子。奈绪美说："太晚的话，就坐出租车回去吧。"我好言相劝，奈绪美才勉强答应坐末班车回家。从舞厅出来后，我们就朝着新桥方向走去。熊谷和浜田也带着女伴，顺着银座大街，把我们送到车站。大家的耳边还回响着爵士乐

112

的伴奏声，有人哼起了某支曲子，于是大家都跟着哼唱起来。只有我不会唱，不禁对他们的聪明、记忆力，还有充满青春活力的悦耳歌声妒忌起来。

"啦、啦、啦啦啦……"

奈绪美的嗓音比别人高了八度，打着拍子走着。

"阿浜，你喜欢哪首？我最喜欢《大篷车》。"

"噢，《大篷车》，"菊子发出尖叫，"棒极了！那支曲子。"

"不过……"绮罗子插了话，"我觉得《霍斯帕林格》也不错。那个曲子很适合跳舞。"

"《蝴蝶夫人》也不错啊，我最喜欢了。"

浜田马上吹起了《蝴蝶夫人》的口哨。

我们在检票口和他们分了手，站在冬夜寒风飕飕的站台上等车时，我和奈绪美没怎么说话。欢乐之后的寂寞心情充满了我的内心。不过，奈绪美自然不会有这种感觉。

"今天晚上很有意思啊。过几天还去吧。"

她跟我搭话，我只是无精打采地"嗯"了一声。

这叫什么？这就是所谓的舞会吗？欺骗父母、夫妻吵架、又哭又闹地折腾一番，最后自己感受到的所谓舞会，原来就是这样愚不可及的玩意儿吗？那些家伙不都是一群虚荣、谄媚、自负和装腔作势的人吗？……

既然如此，我到底为什么要去赴那个舞会呢？难道是为了向那些家伙炫耀奈绪美吗？……如果是这样，我自己同样也是爱虚荣的家伙。可是，我一直引以为自豪的宝贝，又是怎样的呢！

"怎么样啊，你带着这个女人出去，果然如你所期望的那样，人们都惊为天人吗？"

我不能不怀着自嘲般的心情，这样问自己。

"我告诉你，'瞎子不怕蛇'说的就是你这种人。不错，这个女人对你来说，自然是举世无双的宝物。可是，将这个宝物送上众人瞩目的舞台后，又是怎样的果呢？这群虚荣而自负的家伙！你说得很好听，可是那群人的代表人物不正是这个女人吗？妄自尊大、出言不逊的那个最叫人嗤之以鼻的人，你以为是谁呢？看来被洋人误以为是卖淫女，而且一句英语也不会，却扭扭捏捏地跟洋人跳舞的，绝非菊子小姐一个人。而且，这个女人说话那般粗野，实在不像话。虽然打扮成淑女的样子，可是一开口说话，实在不堪入耳。相比之下，倒是菊子小姐和绮罗子远比奈绪美更有教养啊。"

那天晚上回家的路上，这种不愉快的、不知是悔恨还是失望的难以形容的厌烦心情，一直在我心里挥之不去。

在电车里，我突发奇想，故意坐在奈绪美对面的座位上，仔细打量起了自己面前的这个女人。到底觉得这个女人哪里好，这样对她着迷呢？是她的鼻子吗，还是那双眼睛？我逐一端详着，奇妙的是，一向那般吸引我的这张脸，今晚却觉得俗不可耐了。于是,在我的记忆深处,自己第一次见到这个女人时——那个在钻石咖啡店时的奈绪美的身影,朦朦胧胧地浮现出来。和现在相比,那个时候的奈绪美可爱多了。天真无邪,有些害羞忧郁,和现在这个粗野傲慢的女人毫无相似之处。我正是迷恋上那时的奈绪美,才惰性地延续到了今天,可是回想起来,不知从何时开始,这个女人变成了一个令人不堪忍受的家伙。看她装模作样地坐在车上的样子,仿佛要告知大家"那个聪明的女人就是我";看她那副傲然的面孔,似乎在炫耀"天下第一美女是我","没有比我更时髦、更洋气的女人了"。其实她连一句英语也不会说,连被动态和主动态的区别也搞不清,没有人知道这事,只有我知道。

我在脑子里这样咒骂她。她微微仰靠在座椅上,脸朝上仰着,所以从我的座位,恰好看到她最自豪的酷似洋人的狮子鼻黑洞洞的鼻孔。而且这个鼻孔左右两侧有着厚厚的鼻翼。说起来,我每天都和这鼻孔朝夕相处。每个夜晚,我搂着这个女人时,总是从这个角度看这两个黑洞,就像前几天那样,我还经常给她擤鼻涕,爱抚她的鼻翼四周,或者将自己的鼻子和她的鼻子像楔子那样交错。也就是说,这个鼻子——这个附着在这女人脸中央的小肉团,就如同我身体的一部分,丝毫不觉得是他人之物。可是,怀着这种感觉,再看那个鼻子,更觉得它可恶又肮脏。肚子饿的时候,往往不管什么都狼吞虎咽地吃下去,等到慢慢吃饱了,突然发现刚才吞下去的东西实在难吃,于是恶心得想呕吐。——反正就是与此差不多的心情，一想到今夜仍旧要和这个鼻子相拥而睡，我就涌起了一股吃下东西没有消化的感觉，就像反胃那样难受，真想说"这个菜再好吃，我也吃不下去了"。

"这也是母亲对我的惩罚。想要欺瞒母亲，寻欢作乐，是不会有好结果的。"

我这样反思起来。

可是，诸位读者，如果你们因此就推测我对奈绪美已经厌倦了，可就错了。这样的感觉，我也是头一次，因此，虽然偶尔冒出了这种念头，一旦回到大森的家，回归二人世界后，在电车里产生的那种"饱腹感"便渐渐地不翼而飞了，又觉得奈绪美身上的每个部位，无论是眼睛、鼻子，还是手和脚，都充满了魅惑，每一个部位，又都变成了让我享受不尽的美味珍馐。

从那以后，我就一直陪着奈绪美去跳舞了，而且每次都对她的缺点甚为反感，因此，回来的路上必然心生厌恶。可是，这种厌恶的心情，每次都不会持久，我对她的爱憎之念，就像猫的眼珠那样，一个晚上变化好多次。

十二

浜田、熊谷以及他们的朋友，主要是舞会上认识的那些男人，渐渐地开始频繁出入我们在大森的清静的家了。

他们一般傍晚来，刚好是我从公司下班回来的时候，然后大家打开留声机跳舞。奈绪美很好客，又没有需要顾忌的用人和老年人，加上家里的画室正好适合跳舞，所以，他们总是玩得忘了时间。起初还有些顾忌，到了吃饭的时候他们就会告辞。

"别走呀！为什么回去呢！吃完饭再走嘛。"

奈绪美硬要他们留下，所以后来只要他们来玩，我们必定就让"大森亭"送西餐来，招待他们吃晚饭。

那是一个阴雨连绵的梅雨季节，一天晚上，浜田和熊谷来玩，一直聊到十一点多，这时外面风雨交加，雨水哗哗打在窗户玻璃上，所以，二人嘴上虽然说着"该走了"，却一直磨磨蹭蹭地不走。

"哎呀，天气这么差，还怎么回去呀。你们今天晚上就住这儿吧。"

奈绪美突然说道。

"好吗，住下也不要紧吧。……阿熊肯定可以的吧？"

"嗯，我怎么都行……不过浜田要是回去，我也回去。"

"阿滨也没问题的，是吧，阿滨？"

然后，奈绪美瞧着我的脸色说：

"没事的，阿滨，不用这么顾虑的。要是冬天，怕被子不够用，现在的话，四个人怎么也能将就一晚上。而且明天是星期日，让治也在家，多晚起都没关系。"

"怎么样，还是别走了吧，这么大的雨，路不好走。"没办法，我也跟着劝说起来。

"好啦，就听我的吧。这样明天咱们不是还可以一起玩点别的吗？对了对了，晚上可以去花月园玩玩啊。"

结果，这两个人就留宿在我家了。

"可是蚊帐不够怎么办啊？"我这么一说，奈绪美就说：

"蚊帐只有一顶的话，大家一起睡不就行了吗。那多有意思啊。"

也许是奈绪美从来没有遇到过这种事，她就像要去修学旅行似的，高兴得手舞足蹈的。

这事太出乎我的意料。我本打算，蚊帐给他们二人用，我和奈绪美可以点蚊香，在画室的沙发上凑合一夜，所以根本没有想到，四个人都在一个房间里挤着睡。可是，既然奈绪美这样提议，自己又不能对他们俩露出不快的神色。当我像以往那样，仍在犹豫不决时，奈绪美已经迅速做出了决定。

"好啦，你们三个帮我铺被褥吧。"

她一边发号施令，一边上二楼的四叠半房间去了。

要问奈绪美是怎样排列睡铺，由于蚊帐太小，四个人的枕头不可能并排摆放，因此三个人并排，一个人横着，形成个直角。

"这样睡挺好吧。你们三个男的并排睡那边吧，我一个人睡这边。"奈绪美说。

"哎呀，这可真是新鲜啊。"

挂好蚊帐后，熊谷透过蚊帐往里面窥探着说：

"这不成猪窝了吗，大家都挤成一堆了。"

"挤成一堆怕什么的，现在就别那么讲究啦。"

"哼，住别人家，还这么多事。"

"那是当然啦，反正今晚也睡不着了。"

"我要睡了，我睡觉可打呼噜噢。"

熊谷咚咚咚地走过去，穿着衣服第一个钻了进去。

"想睡也睡不着呀。……阿浜，让阿熊睡着可不行啊。他快睡着的时候，你就胳肢他……"

"啊，热死了，这么热怎么睡得着啊。"

睡在正中间的熊谷翻过身来，支着腿，他右侧的浜田穿着裤子和内衣仰面躺着，因身体消瘦，腹部凹了进去。他好像在静静地倾听着外面的雨声，一只手搭在额头上，一只手啪嗒啪嗒扇着团扇，这声音更让人感觉闷热。

"再说了，有女人在旁边，我总觉得睡不踏实。"

"我是男人呀，不是女人。阿浜不也说我不像个女人吗？"

奈绪美在蚊帐外面的昏暗地方换睡衣时，露出了雪白的后背。

"我是这么说过，可是……"

"……难道说，我睡在你旁边，你就觉得我是女人了？"

"可以这么说吧。"

"阿熊呢？"

"我无所谓啦。根本没有把你当女人看。"

"不是女人是什么呀？"

"我看，你就像头海豹呀。"

"哈哈哈，海豹和猴子，你喜欢谁呀？"

"我哪个都受不了。"

熊谷故意睡意蒙眬地说。我躺在熊谷的左侧，默默听着他们三个人叽叽喳喳地说话，心里惦记着奈绪美进蚊帐后，脑袋会对着浜田还是我。因为奈绪美的枕头放在不靠近任何一方的含糊地带。不能不让人感觉，她刚才铺被褥的时候，是故意这样摆在那儿的，以便可以随意移动。奈绪美换上了粉红色睡袍后，钻进蚊帐来，站着问：

"关灯吗？"

"啊，关了吧……"这是熊谷的声音。

"那我就关啦……"

"啊，好疼！"

熊谷叫道，原来奈绪美突然跳到他的胸口上，踩着他身体，在蚊帐里啪嗒一声关了灯。

虽然房间里黑了，但外面的电线杆上的街灯映在窗户玻璃上，房间里依稀可以看到彼此的脸和衣服。奈绪美从熊谷的头上跨过去，跳到自己的褥子上的瞬间，睡衣的衣襟唰的一下掀开，掠过了我的鼻尖。

"阿熊，想不想抽支烟？"

奈绪美并不打算马上睡觉，像男人那样盘腿坐在枕头上，低头看着熊谷问。

"快点呀！转过身来呀！"

"混蛋，你就是存心不想让我睡觉啊。"

"嘿嘿嘿，听见没有，转过来呀！要不然我饶不了你。"

"啊，疼死了！别踩、别踩，饶了我吧！我可是个大活人，你又是踩又是踢的，身体再结实也扛不住呀。"

"嘿嘿嘿嘿……"

当时我正瞧着蚊帐顶，所以不清楚怎么回事，奈绪美好像在用脚尖使劲戳着男人的脑袋。

"真拿你没办法啊。"熊谷说着，翻过身来。

"阿熊，你醒了？"这是浜田的声音。

"是啊，醒了呀。被她折磨的。"

"阿浜，你也朝这边转过来呀，不然的话，我可要折磨你啦。"

浜田好像也跟着翻了个身，趴在褥子上了。

同时，熊谷从袖子里窸窸窣窣地拿出了火柴，然后擦着了火柴，点上烟，我感觉到眼皮外面有了亮光。

"让治，你也转过脸来好不好？一个人干什么呢？"

"不了……"

"你怎么了？困了吗？"

"嗯……刚开始有点迷糊……"

"嘿嘿嘿嘿，说得好听，不是故意装睡吧？喂，是不是呀？准是特别担心吧？"

我被戳到要害，虽然闭着眼睛，感到自己的脸唰的红了。

"不用担心我，跟他们闹着玩呢。你就安心睡觉吧……真是担心的话，你就看看我们，不用使劲忍着……"

"看来是想受折磨吧。"熊谷说着，点上烟，声音很响地抽了起来。

"讨厌！折磨这种人也没有用啊。每天都是这样对他的呀。"

"那可真是一种享受啊。"

浜田这句话，听起来并非发自内心，更像是对我的恭维。

"我说，让治……你要是渴望，我就折磨你一下吧。"

"不要，已经足够了。"

"够了的话，就转过来冲着我呀。你这样一个人脱离大家，太不正常了吧。"

我翻了个身，将下巴放在枕头上。于是，奈绪美两腿支成八字形，一只脚对着浜田的鼻尖，一只脚对着我的鼻尖。而熊谷竟然将他的脑袋伸进这八字形中间，悠然地吸着敷岛烟。

"这个情形怎么样？让治？"

"嗯。"

"嗯，是什么意思嘛？"

"真是个疯子，简直就像只海豹呀。"

"没错，就是海豹啊，现在海豹在冰上休息呢。跟前躺着的三只，是公海豹。"

犹如乌云笼罩一般，从头顶上垂下来的葱绿色蚊帐……黑暗中也能看见长长散开的黑发环绕的白皙面孔……从松松垮垮的睡袍里露出了胸脯、胳膊、小腿肚……这副样子，是奈绪美经常诱惑我的姿态之一，一旦她摆出这种姿态，我就会变成一头被投放食饵的野兽。在黑暗中，我真切地感受到奈绪美露出那熟悉的挑逗表情，不怀好意地微笑着，目不转睛地俯瞰着我。

"说我是疯子，你撒谎。你不是说一看见我穿上睡袍就忍不住吗？今晚大家都在，所以拼命忍着呢，对吗，让治，我说中了吧？"

"不许胡说。"

"嘿嘿嘿，既然你这样逞强，我就让你缴械投降吧。"

"喂喂，你可不大对劲啊。这种事，等明天晚上再说吧。"

"赞成！"浜田也接着熊谷的话说，"今夜还是要一视同仁啊。"

"所以我不是一视同仁的吗。为了相安无事，阿浜这边是这只脚，让治这边是这只脚……"

"那我这边呢？"

"阿熊是最占便宜的了。你不是最靠近我，还把脑袋钻进这里头了吗。"

"不胜荣幸啊！"

"就是啊，你是最受优待的啦。"

"可是，你不可能一晚上都这样坐着吧。睡觉的时候怎么办呢？"

"是啊，怎么办呢，头朝着谁呢？朝着阿浜，还是让治呢？"

"头朝着谁，不算什么问题嘛。"

"那可不行。对于阿熊不算什么问题，对我就是问题了。"

"是吗？阿浜，那好吧，那就头朝着阿浜吧。"

"所以说，这是个问题呢。头朝着我，我也担心，可是，朝着河合先生的话，我还是心神不定……"

"而且，这个女人睡相特别不好。"熊谷又插嘴道。

"不小心的话，脚冲着的那个人，有可能夜里会被踹出去呢。"

"真的吗，河合先生，她真的睡相特别不好？"

"是啊，不好啊，而且不是一般的不好。"

"喂，浜田！"

"干吗？"

"你睡迷糊了，说不定会舔脚心吧。"熊谷浪笑起来。

"舔脚心有什么不好呀？让治一直是这样的呀！他还说过，比起脸蛋来，脚更可爱呢。"

"这也是一种拜物教吧。"

"我可没瞎说啊，是吧，让治，我没有胡说吧？你更喜欢脚，对吧？"

然后奈绪美说着"不一视同仁可不行"，脚一会儿对着我，一会儿对着浜田，间隔五分钟左右变换一次，来回在被褥上翻着身子。

"好了，现在该轮到阿浜了！"

说着，奈绪美躺着将身体像圆规似的转了好几圈，转的时候，举起两脚，踢着蚊帐顶，还从一头往另一头扔枕头。由于她这只海豹能量巨大，本来褥子已经露出外面一半的蚊帐底边，不时翻卷起来，结果飞进来好几只蚊子。"这可不行，蚊子都进来了。"熊谷翻身起来，开始抓蚊子。有人踩到了蚊帐，吊绳被弄断了。奈绪美被覆盖在掉下来的蚊帐中，闹腾得更欢了。接好吊绳，重新挂好蚊帐，又花了好长时间。当我觉得终于多少平静下来时，东方已经发白了。

雨声、风声、睡在旁边的熊谷的鼾声……我听着这些声音，刚有些迷迷糊糊，不知怎么又睁开了眼睛。毕竟这间屋子两个人睡着都挤，奈绪美的皮肤和衣服上散发出的甘甜味儿和汗味儿还发了酵似的弥漫着。再加上今夜多了两个大男人，所以更加闷，在密闭的房间中，有种地震预兆那样的、令人窒息般的闷热。熊谷翻来覆去地折腾，互相触碰到对方汗津津的胳膊或膝盖。一看奈绪美，枕头虽然在我这边，一条腿却搭在枕头上，另一条腿支着，脚背伸进我的被子里，脑袋歪向浜田，伸开两只胳膊。这疯丫头大概也是折腾累了，香甜地酣睡着。

"奈绪美……"

我倾听着他们轻轻的鼻息，嘴里这样喃喃自语着，抚摸起被子下面的她的脚来。啊，这双脚，这双正在沉睡中的雪白美丽的脚，这双脚千真万确是属于我的东西。她还是少女的时候，每天晚上，我都把它放进热水里，用肥皂给她洗脚，要说她脚的皮肤的柔嫩——从十五岁开始，她的身体虽然飞速发育着，但这只脚仿佛没有发育成熟似的依然小巧可爱。对了，这个大脚趾也和那时候完全一样。无论是小趾的形状、圆润的脚后跟、肉鼓鼓的脚背，全都没有变，一如当年。……我忍不住将自己的嘴唇轻轻地贴到了那脚背上。

天色放亮之后，我再次迷糊了一会儿，然后听到一阵大笑，我睁开眼睛一看，原来奈绪美把纸捻儿塞进我的鼻孔里了。

"怎么了？让治，你醒了？"

"嗯，现在几点了？"

"已经十点半了。不过，起来也没事干，等到午炮响了再起床吧。"

雨停了，星期日的天空万里无云，可是，房间里仍旧残留着人的气息。

十三

当时，我这样荒唐的生活，公司里是没有人知道的。我的生活被一分为二，在家里和在公司里截然不同。不用说，即便在工作时，奈绪美的身影也一直在我脑子里闪现，但不至于影响到工作，别人更不可能察觉到了。就是说，我一直认为自己在同僚眼里仍然是个君子。

不料有一天——那是梅雨还未过去的一个闷热的晚上，同僚里一个名叫波川的工程师，因公司调动，要赴海外工作，公司要在筑地的精养轩为他举行送别宴。我不过是依照惯例出席应酬一下，所以吃过菜肴以及餐后甜点之后，大家陆续从餐厅转移到吸烟室，一边喝着餐后的鸡尾酒，一边七嘴八舌地闲聊起来。我觉得差不多可以走了，便站了起来。

"喂，河合君，你先坐下。"这时一个叫作 S 的同僚，嘿嘿笑着叫住了我。S 喝得有些醉了，和 T、K、H 等人坐在一张沙发上，他把我拽过来，让我跟他们挤在沙发上。

"我说，何必急着溜号呢。这么大的雨，你打算去哪儿啊？"

S 说着，仰头瞧着我的脸，看我木呆呆地戳在那里，又嘿嘿笑起来。

"没打算去什么地方……"

"那么，是直接回家喽？" H 说。

"是啊，实在抱歉，我得先走一步了。我家在大森，这雨天路不好走，不早点回去，就打不到车了。"

"哈哈哈，可真会找借口啊。"这回是 T 开了口。

"喂，河合君，你的风流事，我们都知道了。"

"什么……"

我不明白他说的"风流事"指什么，无法判断 T 此话的用意，有些慌乱地反问。

"太让人吃惊了，一直以为你是个君子呢……"

这回是 K 感慨不已地歪着脑袋，说道：

"连河合君都去跳舞了，可见时代真是进步啦。"

"喂，河合君。"

S顾忌别人听见，对着我的耳朵说：

"那个，跟你一起散步的大美女是谁呀？也给我们介绍介绍呀。"

"哪里值得介绍啊。"

"可是，听说是帝国剧院的女演员呀……不是吗，也有人说是演电影的女演员，也有人说是混血儿，把那个女人的住址告诉我吧。不然不放你回去噢。"

我露出极其不快的表情，气得说不出话来。S都没有意识到，拼命探出身子，一味地刨根问底。

"嗨，我说，那个女的不跳舞就请不来吗？"

我差点儿就骂出一句"混蛋"来。本以为公司里没有人知道，万万没想到，不但被他们发现了，而且从以花花公子闻名的S口中听出，这些家伙根本不相信我们是夫妻，认为奈绪美是那种谁都可以陪玩的女人。

"胡说，对别人的妻子，怎么能要人家陪你玩呢？像什么话！不要太过分了。"

对于S这样令人难堪的侮辱，我真想勃然大怒，臭骂他一顿。那一瞬间，我确实脸色大变。

"喂，河合、河合，告诉我们吧。求你了。"

他们觉得我人老实，死乞白赖地纠缠不休。H说完，扭头对 K 问道：

"K，我问你，你是从哪儿听来的……"

"听庆应的学生说的。"

"说什么了？"

"我的一个亲戚，特别喜欢跳舞，常常光顾舞场，所以知道那个美女。"

"喂，她叫什么名字？"

T 从旁边探过头来。

"名字嘛……我想想……是个很奇怪的名字……naomi……好像是叫 naomi 吧。"

"naomi？……那么是混血儿吧？"

S 这样说，嘲讽地盯着我看：

"如果是混血儿的话，就不是女演员了。"

"听说那女的可不得了，把庆应的学生都迷得颠三倒四的。"

我一直怪异地痉挛般地微笑着，只有嘴角微微颤抖着，听到 K 说到这儿，我脸上的微笑顿时冻结了似的凝固在脸颊上，觉得眼珠深深陷进了眼窝深处。

"哈哈，那家伙可真有艳福啊！"

S 眉开眼笑地说。

"你的那个亲戚，和她没有发生什么吗？"

"这个我可不清楚，他只说朋友里有两三个人跟她有那事。"

"好了，好了，别说了，河合很担心呢……你们瞧，他的脸色都变了。"

T这么一说，大家一齐抬头瞧着我大笑起来。

"没事，让你稍微担心一下，怕什么的。你瞒着我们，想要金屋藏娇，才不可饶恕呢。"

"哈哈哈哈，怎么样，河合君，君子应该偶尔也感受一下风流的担心吧？"

"哈哈哈哈……"

此时的我，已经顾不上生气了。谁，说了什么，我都听不见了。只有他们的笑声震撼着我的两只耳朵。我只觉得头脑发蒙，不知该怎样应对这种场面，不知该哭泣，还是该跟着他们笑？如果不小心说了什么不该说的话，岂不更要被他们嘲笑了？

我只好不顾一切地冲出了吸烟室，冒着冷冰冰的雨水，一口气跑到地面湿滑的大街上。可我还是觉得后面有人追赶过来似的，一直朝着银座方向跑去。

来到尾张町左边的一个十字路口后，我朝着新桥方向走去……其实，应该说我的脚是无意识地、不受自己头脑支配地朝那个方向移动的。我的眼睛里映出被雨水润湿的人行道上闪烁的路灯。即便是这样的雨天，街上往来行人也不少。啊，有个艺伎打着伞走过去了，一个年轻的姑娘穿着法兰绒衣裳走过去了，电车驶过去了，汽车开过去了……

……奈绪美可够风骚的？把庆应的学生都迷得颠三倒四的？……这种事可能吗？有可能，绝对有可能。看看近来奈绪美的样子，不这样想都不行。实际上就连我自己都暗自担忧，不过，由于围绕她的男人太多了，反而可以放心了。奈绪美还是个孩子，而且特别活泼。"我是男的"，正如她自己这样说的那样。所以她只不过是喜欢招惹好多男人，天真烂漫地胡乱闹腾罢了。纵然她有什么心思，有这么多人在跟前，她也没办法偷情，莫非她……"莫非"这个念头本身太成问题了。

可是，莫非……莫非不是真有其事呢？奈绪美虽然变得自命不凡了，但还是个有品行的女人。这一点我知道得最清楚。她虽然表现出轻视我的样子，但心里对我从十五岁开始培养她的养育之恩是很感谢的。"我绝对不会做出忘恩负义之举来。"在枕边，她常常含泪对我这样说，我对她的这些话从不怀疑。那个K所说的话……说不定是公司里的坏家伙们在跟我开玩笑吧。要真是这样就好了。……那个，K的亲戚到底是谁呢？那个学生认识的朋友里，也有两三个人跟她有那事？两三个人？……是浜田？还有熊谷？……要说可疑，这两个人最可疑，可是，如果是他们二人的话，他们两个为什么不打架呢？他们不是单独来找奈绪美，而是一起来，其乐融融地和奈绪美玩儿，他们到底是怎么想的呢？莫非是对我实施的一种障眼法吗？难道是奈绪美巧妙周旋，他们二人互不知情吗？最要命的

132

是，奈绪美已经堕落到如此地步了吗？倘若奈绪美真的和他们偷情，那天晚上会三个人挤在一起睡觉，那样不知羞耻地嬉戏打闹吗？真是那样的话，她的所为不是比娼妇还下贱吗？

……我不知不觉中穿过了新桥，吧唧吧唧地踩着泥水，沿着芝口大街一直往金杉桥方向走去。雨水密不透风地封闭了天地，包围了我身体的前后左右，从雨伞上滴落下来的雨珠，打湿了雨衣的肩膀。啊，那天他们三人睡成一团的晚上也是这样的雨天。虽说是春天，在那个钻石咖啡店的桌子边，我第一次向奈绪美吐露自己心意的晚上也下雨。我这样浮想联翩着。而今天晚上，当我这样冒着大雨走在街头的时候，大森的家里会不会来了客人呢？大概又是挤在一起睡觉吧？……这疑惧突然涌上我心头。在画室里，随意躺卧的浜田和熊谷，把奈绪美夹在当中，互相开着下流玩笑的淫荡光景，清晰地浮现在我眼前。

"对呀，现在可不是磨磨蹭蹭的时候。"

想到这儿，我疾步朝着田町车站奔去。一分钟、两分钟、三分钟……第三分钟时，电车终于来了，我从来没有经历过如此漫长的三分钟。

奈绪美！奈绪美！今晚我怎么会把她一个人丢在家里呢？就是因为我不在奈绪美身边才会出问题的。这是自己最大的失误。……只要看到奈绪美，我这颗揪着的心，就能得到一些安慰。我暗自祈祷，当我听到她那开心的说话声，看到她那纯真的眼睛时，所有的怀疑就都消除了。

可是，如果她又提出和别的男人挤在一起睡觉，我该怎样回答呢？今后自己对于她，对于接近她的浜田和熊谷，以及其他不三不四的人，该采取怎样的态度呢？自己真的敢于不怕惹恼她，对她严加管束吗？她能够乖乖地听我的话还好办，要是反抗不从，我又该怎么办呢？不会的，她不会这样的。只要我对她说"今天晚上我被公司里的家伙们大大羞辱了。你也应该有些顾忌，多少谨慎一些"的话，此事非比其他，事关她自身的名誉，想必她会听话的。如果她连自己的名誉和误解都置若罔闻的话，她就的确值得怀疑了。K说的就是真的了。……啊，如果真有其事……

我竭力冷静地控制住自己的情绪，想象着最坏的可能性。如果她欺骗我的事情得到了证明，我能够宽恕她吗？……说实话，我已经一天也离不开她了。她堕落之罪，我也要负一半的责任。所以只要奈绪美愿意痛改前非，真心悔过，我也不想再责备她什么，也没有资格责备她。我担心的是，那样倔强的奈绪美，对我尤其蛮横的奈绪美，即便证据摆在眼前，也不会轻易地向我低头认错的。纵然一时低了头，行动上也毫不悔改，她大概会欺我不敢把她怎么样，一而再再而三地屡教不改吧？到头来，我们夫妻要是因为互不相让而分道扬镳的话，怎么办？……这是我最害怕的事情。实不相瞒，比起她的贞操来，这才是最让我头疼的难题。即便要追究她的过失，或是进行监督，也必须先决定面对这种情况时自己要采取什么态度。"既然这样，那我就走"，如果她说出这样话，自己能够毅然说出"随你的便"才行，否则……

不过，在这一点上，我知道奈绪美也有着同样的弱点。因为她和我一起生活，才能这样随心所欲地花钱，一旦被我逐出家门，除了那个肮脏狭小的千束町的家，她还有哪里可以安身呢？真是那样的话，除了做皮肉生涯，就没有人会围着她转，向她献媚了。以前姑且不论，如今我已竭力培养出了她的虚荣心，所以她是绝对不能忍受的。说不定浜田或熊谷之流会收留她，可是，以学生的条件，不可能得到我给予她的那般荣华，对此她也心知肚明。从这个角度看，我让她尝到了奢侈的滋味未尝是坏事。

对了，这么说来，有一次我帮她复习英语时，奈绪美要脾气，把笔记本给撕了，我气得叫她"滚出去"，当时她不是服软了吗？那次她要是真的走了，会多么窘困可想而知，比起我的痛苦来，她肯定更不好过。跟了我，她才能吃穿不愁。离开了我，她只能再度堕落到社会最底层去。毫无疑问，这是她最最惧怕的。这惧怕的心理，现在和那时不会有什么变化的。如今她已经十九岁了。随着年龄增长，她也慢慢懂点事了，因此她应该更清楚这个道理。如果是这样，即便她吓唬我说"那我就走"，也未必真的会付诸行动吧。靠这样一眼就可看透的威胁能不能吓到我，她自然很明白。……

走到大森车站的一路上，我多少找回了一些勇气。不管发生什么，奈绪美和我注定不会分开，至少这一点是可以肯定的。

来到家门前，我那些可怕的想象完全被打破了，画室里黑乎乎、静悄悄的，好像没有一个客人，只有二楼上的四叠半房间里亮着灯。

"啊……看来她是一个人守在家里的……"我总算放了心。"太好了，我真的很幸福。"我不由得这样感慨起来。

我掏出钥匙打开玄关的门锁，走进了室内，便立刻打开了画室的电灯。房间里依旧乱七八糟，看不出客人来过的迹象。

"奈绪美，我回来了。……"

没有听到回应，我爬上楼梯，看见奈绪美在四叠半房间里铺了床，一个人安静地睡觉呢。这并没有什么稀奇，只要觉得无聊，不分白天还是晚上，她都会钻进被子里看小说，然后就睡着了。所以，面对她这副天真无邪的睡脸，我更加放心了。

"这个女人背叛了我？这种事可能吗？……此刻在我眼前甜甜醋睡的这个女人吗？……"

我轻轻地在她的枕边坐了下来，以免惊醒她。然后屏息静气地凝视着她的面孔。从前，有一只狐狸，变成美丽的公主去欺骗男人，结果在睡觉的时候，它现了原形。——我不禁想起小时候听过的这么个童话故事。奈绪美睡相不好看，棉睡衣完全脱下，睡衣领子夹在两腿之间，袒露着乳房的胸脯上，支着一个胳膊肘，那手指犹如柔软的树枝那样耷拉着。另一只手，恰好柔软地伸到我的膝盖处。她的脑袋歪向那只伸出的胳膊，眼看就要从枕头上滑落下来似的。就在她眼前，扔着一本翻开的书。这本书是被奈绪美评价为"当今文坛最伟大的作家"有岛武郎的小说《该隐的后裔》。我的视线在这本线装书纯白西洋纸和她的雪白胸部之间来回扫视着。

奈绪美的肤色常常会变，有时看上去发黄，有时很白，安睡的时候或刚起床的时候，一般都是非常透明的。在她睡眠时候，体内的油脂仿佛全都跑光了似的，变得很好看。一般人会由"夜晚"联想到"黑暗"，而我想到"夜晚"时，总是会联想到奈绪美"白皙"的皮肤。这与大白天明亮的"白皙"有所不同，是被脏兮兮的被褥，即所谓破布包裹的"白皙"，因而愈加让我看不够。

当我这样目不转睛地盯着看她时，灯伞阴影下面的她的胸部，宛如湛蓝色水底的生物一般鲜明地浮现出来。她没睡觉时那样无忧无虑变化不定的表情，此时变成了忧郁地锁紧眉头喝苦药般的、被勒紧了脖子的人那样的神秘表情，可我就喜欢看她这样的睡脸。"你睡觉时的表情，像变了个人似的，就好像做了什么噩梦似的。"我经常对她这样说。"想必她死后的面容也会很美丽的。"我不止一次这么想。纵令这个女人是个狐妖，倘若她的原形有这般妖艳，我也宁愿被其所迷惑。我默默地注视了她足有三十分钟之久。从灯伞阴影下伸出来的她那只手，手背朝下，手心朝上，犹如绽开的花瓣一般柔柔地握着，可以清晰地看到她手腕上轻轻跳动的脉搏。

"你什么时候回来的？……"

我听到均匀的呼吸声紊乱起来，看见她慢慢睁开了眼睛，那忧郁的表情还隐约可见……

"刚刚……才回来。"

"怎么不叫醒我呀？"

"叫了，可你没有醒，就没有再叫你。"

"你坐在这儿，干什么呢？看我的睡相吗？"

"是啊。"

"哼，真是个怪人！"

说着，她像个孩子似的咯咯笑起来，将伸出的那只手臂搭在我的膝头上。

"我今天晚上一个人在家，好无聊啊。以为会有人来玩儿，可是谁都没有来。……爸爸，还不想睡觉吗？"

"睡觉也行……"

"好呀，睡觉吧！……我刚才没有盖好被子，被蚊子咬了好多包。你瞧，这么多呢！快帮我挠挠这儿！……"

我顺从地给她挠了一会儿胳膊和后背。

"啊，谢谢啦，痒痒的受不了。……对不起，帮我拿一下那件睡衣好吗？然后给我穿上好吗？"

我拿来睡袍，抱起躺成大字的奈绪美，给她解开腰带，换上睡衣的时候，奈绪美故意身体软塌塌的任由我摆布，像一具尸体似的软绵绵地晃荡着手脚。

"把蚊帐挂起来，爸爸也赶紧睡觉吧……"

十四

那天晚上，我们夫妻的枕边话，就不必赘述了。奈绪美听我说了精养轩发生的不快后，骂了一句"太不像话了！一帮不懂事的蠢货！"便一笑置之了。随后，她对我说了好多话。

"关键是社会上对交谊舞这种新事物的意义还缺少理解。一看到男人和女人勾肩搭背地跳舞，就会臆测二人之间有什么不正当关系，于是立刻传言四起。对新时代的时尚持反感态度的某些报刊等等，又写一些不负责任的报道加以中伤，因此一般人一提起跳舞，就认定是不正经的事情。所以，我们就得做好被人说闲话的精神准备。……

"而且，除了让治之外，我从来没有和其他男人单独在一起过。……难道不是吗？

"去跳舞的时候，我就和让治在一起。在家里游戏的时候，也和你一起，一旦让治不在家，来的客人也不是一个人。即使是一个人来了，如果我说'今天我也是一个人'，一般人都会有所顾忌，打道回府的。我的朋友里没有那种不地道的男人。"

奈绪美还说：

"我就是再任性，对错还是分得出啊。我要是有心欺骗让治，自然做得出来，但是我绝对不会做那种事。我可是真的坦坦荡荡噢。没有一件事是瞒着让治的。"

"这个我当然知道。我只是说，觉得被人家那样说，心情很不好。"

"心情不好的话，你打算怎么办呢？你的意思是不再去跳舞了？"

"仍旧去跳舞也没关系，只是小心谨慎些比较好，尽可能不让别人误会。"

"难道我现在不是很谨慎小心地与人交往的吗？"

"所以说，我没有误会你呀。"

"只要让治不误解我，那些家伙说什么我也不怕。我这人粗野，说话不中听，所以招人讨厌……"

然后，奈绪美用伤感而娇嗔的语调，信誓旦旦地反复对我说，只要我相信她爱她就足够了。我的性格不像个女人，自然交了些男性朋友，我觉得男人爽快，我也喜欢和他们一起玩耍，不过那种爱欲的卑鄙念头一点也没有。最后，她照例是那句口头禅"你从十五岁开始收养我的大恩，我从来没有忘记"，要不就是"我一直把让治当作父亲和丈夫"，说着说着就潸然泪下，然后又让我给她擦眼泪，紧接着就是如雨点般的一通接吻。

可是，奈绪美絮絮叨叨说了这么多话，唯独不提浜田和熊谷的名字，不知是故意的，还是偶然的。尽管我很想提起这两个名字，好瞧瞧她的反应，但最终还是没说出来。当然，对她说的话，我并非全都相信，但是，疑心太重的话，对任何事情都会疑神疑鬼了，况且没必要纠缠已经过去的事情不放，以后多留神，看住她就是了……尽管我起初想摆出强硬的姿态震慑她，还是不知不觉软了下来，再加上她的眼泪和热烈的亲吻攻势，听着她那夹杂着抽泣声的娇嗔软语，我虽然对她所言不无怀疑，但经过一番纠结后，还是信以为真了。

自从发生了这件事后，我开始不动声色地观察奈绪美的表现，觉得她似乎很自然的一点点在改变过去的做法。她虽然照常去跳舞，却不像以前那样频繁了，即使去跳舞，也不是长时间泡在舞场，跳得差不多了就跟我回家。那些客人也不总来找她玩儿了。我从公司回来，总是看见她自己一个人老老实实待在家里，不是看书就是编织，要不就是安静地听留声机，在花坛侍弄花草……

"今天又是你一个人在家？"

"嗯，一个人呀。谁都没有来玩儿。"

"那你不觉得寂寞吗？"

"从一开始就打算一个人的话，就不觉得寂寞了。我无所谓呀。"

她还说：

"我虽然喜欢热闹，也不讨厌寂寞啊。小的时候，哪有什么朋友，老是自己一个人玩儿的。"

"是啊，这么说来，倒也是这么回事。记得在钻石咖啡店的时候，你也不大和其他人说话，给人感觉有些内向啊。"

"是啊，我看上去挺活泼，其实性格很内向的。……你觉得内向不好吗？"

"老实本分当然好，但是内向的话，我不太喜欢。"

"不过，比起前些日子那样瞎闹腾来，还是内向点好吧？"

"那是当然了。"

"我是不是变成乖乖女了？"

说着，她突然扑到我身上，两手抱住我的脖子，疯狂地一阵亲吻，吻得我差点儿晕过去。

"最近没有去跳舞，今晚去一趟好不好？"

即便我这样主动提议，她也是面无表情地淡淡回答：

"去也行……让治想去的话……"

有时候回答：

"还不如去看电影，今天晚上不太想跳舞。"

四五年前那样单纯快乐的生活，又回到我们夫妻之间了。我和奈绪美两个人，几乎每天晚上都去浅草看电影，回家的时候，顺便找个饭馆吃晚饭，一边吃，一边聊着令人怀念的往事，

142

沉浸在快乐的回忆中。

"那时候你个子小，所以坐在帝国饭店的横木上，扶着我的肩膀看电影的。"我这么一说，奈绪美就说"让治第一次来咖啡馆的时候，总是沉默寡言的，远远地盯着我看，叫人怪害怕的"。

"这么说来，爸爸最近没有让我泡澡呀。那个时候，不是老给我洗澡吗？"

"啊，对对，好像有这么回事。"

"不是好像有这么回事吧，以后不打算给我洗了？是不是我长大了，就不愿意给我洗澡了？"

"怎么会不愿意呢。现在也愿意给你洗澡呀，只是有些顾虑罢了。"

"是吗？那就拜托啦。那我又变成宝贝啦。"

从这次对话以后，恰逢沐浴时节来临，我再次把扔在储藏室角落的西洋浴盆搬到画室来，开始给她洗澡了。"大宝贝"——虽然以前曾经这样叫过她，可是，经过了四年的岁月，如今奈绪美已今非昔比，丰满的身体往浴盆里一躺，俨然是真正的成年人了。散开一头秀发后，宛如乌云一般厚实浓密，浑身上下肌肉结实，每个关节上都出现了酒窝般的凹陷。她的肩膀更厚实了，胸部和臀部增加了弹性，凹凸有致，优雅的双腿好像更修长了。

"让治，我长高了吧？"

"是啊，当然长高了。现在和我差不多高了。"

"我马上就会比让治还要高啊。前几天量了体重，已经五十三公斤多了。"

"没想到啊，我还不到六十公斤呢。"

"让治怎么会比我还重呢？个子这么矮。"

"当然要比你重呀。就算是小个子，男人的骨骼也比女人壮实啊。"

"那么，现在让治也当大马给我骑，敢不敢？刚搬来的时候，咱们不是经常这么玩儿吗？就是我骑在你背上，用手巾当缰绳，'驾——驾——''吁——吁——'地吆喝着，在房间里爬来爬去的……"

"嗯，那个时候你很轻，也就四十五公斤吧。"

"现在的话，让治会被我压瘪的。"

"怎么会呢。不信你就骑上试试。"

我们这样说笑着，最后，像以前那样，又玩起了骑大马游戏。

"好了，请上马吧。"

我四肢着地，奈绪美猛地坐到我背上，五十三公斤的分量沉甸甸的。她让我咬住手巾，一边叫喊着"这匹马也太瘦小了！快跑！驾——驾——"，一边兴奋地夹住我的腹部，不停地勒着缰绳。我为了不被她压趴下，拼命支撑着，大汗淋漓地绕着圈爬着。她却骑个没完没了，直到把我累瘫了才算完。

"让治，今年夏天，想不想去镰仓玩玩？好久没去了。"

一到八月，她就对我说。

"从那以后一直没有去了，我好想去看看。"

"可也是啊。确实好久没有去了。"

"可不是吗。所以今年去镰仓吧。那可是咱们的定情之地啊。"

奈绪美的这句话，太让我高兴了。正如奈绪美所说，我们的新婚旅行——说起来，就算是新婚旅行吧，去的就是镰仓。对我们来说，没有比镰仓更有纪念意义的地方了。从那以后，每年去某个地方避暑，却把镰仓给忘了，多亏奈绪美提出了这个建议，简直太棒了。

"好吧。一定要去！"我非常干脆地表示赞成。

此事定下来后，我急忙向公司请了十天休假，锁好大森的家门，于月初二人去了镰仓。租住的房子是一户名叫植惣的花匠家的厢房，位于长谷大道通向御用邸[1]方向的地方。

最初，我考虑这次总不能再住金波楼那种地方了，得找个稍微讲究些的旅馆下榻，可是，却出乎意料地包租了住家的房子。这是因为奈绪美告诉我，"听杉崎女士说，有这么个非常划算的房子"，这是花匠家的厢房。据奈绪美说，住旅馆太贵，

1　御用邸：天皇和皇族享用的别墅。

还要顾忌其他客人，要是能包租一间房子最理想了。幸运的是，杉崎女士的亲戚是东洋石油的董事，租了一间房子后一直没有使用，说是可以让咱们转租这房子，咱们干脆把它租下来不是挺好吗？那位董事，以五百日元包租了六、七、八三个月，他七月份在那儿住了一个月，对镰仓有些厌倦了，如果有人愿意租的话，他很愿意转租。对方说，有杉崎女士居中周旋，费用多少都无所谓……

"亲爱的，这么合算的价格上哪儿去找啊，就把它租下来吧。租这个房子的话，花费不多，这个月可以住一个月呢。"奈绪美这样怂恿说道。

"可是，你知道，我还要上班，不可能出去那么长时间啊。"

"但是，住镰仓的话，每天可以坐火车去上班呀，好吗？"

"可是，至少得去看看那儿是不是合你的意呀……"

"好，我明天就去看看。我要是中意的话，可以租下来吗？"

"可以租下来，不过，白住也不好意思，你看着跟对方谈吧……"

"这个我知道。让治工作太忙，你没意见的话，我就去找杉崎女士，请她跟对方要求付租金。差不多要付一百到一百五十日元吧……"

就是这样，奈绪美一个人独断专行，房租谈好一百日元，还把租金也交了。

我还是有些不放心，亲自去了一看，房子比预想的要好。虽说是出租的房子，却是一栋独立于上房的平房，除了八叠和四叠半的房间外，还有玄关和浴室、厨房，有单独的出入口，从院子可以直接去街上，不会和花匠家人碰面，这样的房子，就像两个人在此处新安了家一样。我坐在纯日本式的新榻榻米上，伸展腰身，在长火炉前盘腿而坐，心情很畅快。

"哎呀，这房子不错嘛。非常舒适啊。"

"房子不错吧？和大森的家比起来呢？"

"还是这里更让人心静啊。这里的话，住多长时间都没问题了。"

"瞧瞧，所以我才说要住这儿的呀。"

奈绪美得意地说。

有一天，大概过了三天左右吧，我们从中午开始去海水浴，游了一个小时后，二人躺在沙滩上休息。

"奈绪美！"

突然看见有人来到我们跟前。

我一看，原来是熊谷。他好像刚刚从海里上来，湿漉漉的泳衣贴在胸口，水珠顺着毛茸茸的小腿滴落下来。

"哟，阿熊，什么时候来的？"

"今天来的呀。……我就猜到肯定是你们，果不

147

其然。"

然后熊谷朝海里挥了挥手，喊起来："喂——"

"喂——"海面上也有人传来了回应。

"是谁呀？在那边游泳的人……"

"浜田呀，浜田和阿关，还有中村，我们四个人今天来玩了。"

"是吗，那可太热闹了。你们住在哪个旅馆？"

"哪有那么好的兴致啊。还不是因为天气太热了，实在受不了，才来海边玩一天的。"

奈绪美和他说话的工夫，浜田上岸来了。

"呀，好久没见！真是好久没有问候了，怎么样，河合先生，最近一直没看见你来跳舞啊？"

"不是我不去，是奈绪美说不想去了。"

"是吗？那可不应该啊。那么，什么时候来这边的？"

"就是两三天前，租住在长谷的一个花匠家的厢房。"

"真是不错的房子啊。杉崎女士给介绍的，租一个月。"

"真够潇洒的呀。"熊谷说。

"那么，你们暂时住这里了？"浜田问。

"不过，镰仓也有舞会噢。其实今天晚上海滨饭店就有一场，要是有舞伴，我还挺想去的。"

"我可不想去。"奈绪美断然回绝。

"这么热的天，怎么能跳舞呢？我想等凉快了以后再去。"

"那倒也是啊。夏天不适合跳舞。"

浜田这么说完，有点心神不宁似的踌躇着问：

"喂，怎么着？阿熊，再去游一圈回来吧？"

"不去了，我已经没劲儿了，该回去了。现在去休息一会儿，回到东京就天黑了。"

"他说现在去休息，到底去哪儿呀？"奈绪美问浜田，"有什么好玩的吗？"

"没什么，阿关的叔父在扇谷有个别墅。今天大家都被他拽来了，说是要请客，可是，我们觉得太拘束，正琢磨不去吃饭，这就逃走呢。"

"是吗？有那么拘束吗？"

"当然拘束啦。女佣出来迎接，三指扣地¹行大礼呢，太恐怖了。那样规矩，就是有山珍海味，也吃不下去啊。……是吧，浜田，还是回去吧。回东京去随便吃点什么好了。"

熊谷嘴里这么说，却没有马上站起来，伸开腿，一屁股坐在沙滩上，抓起沙子往膝盖上拍打。

"要不这样吧，你们和我们一起吃晚饭吧。难得来一趟……"

---

1 指双手各用三根手指贴地行跪礼，是给地位比自己高的人行的正式礼。

见奈绪美、浜田和熊谷都沉默着，我觉得要是不主动这么提议，自己反而很尴尬似的。

十五

那天的晚餐热闹非常，好久没有这样了。浜田和熊谷，后来阿关和中村也加入进来，在厢房的八叠房间里，主客六人围着矮桌，一直聊到十点左右。起初，我对于房间被这些家伙弄得乱七八糟有些反感，但是偶尔这样聚到一起，看到这些年轻人充满活力，无拘无束的样子，也感到挺愉快。奈绪美的态度，也十分热情周到，又丝毫不轻浮，席间应对自如，落落大方，表现相当不错。

"今天晚上太有意思了。偶尔和这些家伙聚聚也蛮不错啊。"

我和奈绪美送他们去车站乘坐末班车回东京，往回走的一路上，我们手拉着手边走边聊。夏天的夜晚，繁星点点，从海上吹来凉爽的风。

"真的？那么有趣吗？"

见我这么愉快，奈绪美也很高兴，这样问道。然后稍稍想了想，说道：

"那些家伙，接触多了就知道了，也不是什么坏人。"

"是啊，的确不是坏人。"

"可是,过几天他们又跑来可怎么办呢？阿关不是说了吗，他叔叔在这边有别墅，所以，以后会常常带大家来的。"

"不过，咱们这儿，他们还不至于想来就突然跑来吧……"

"偶尔来还可以，经常来的话，可受不了。如果下次来的话，咱们不要对他们太热情了。不用招待什么饭菜，差不多就让他们走人。"

"可是，总不能赶人家走吧……"

"那有什么不行的。我就说'你们太烦人了，请回去吧'，把他们赶走。……我不能这样说吗？"

"哼，熊谷又该说怪话了。"

"说说说呗。人家好容易来一趟镰仓，跑来打扰的人，才不应该呢……"

我们二人走到了黑暗的松树阴影里，奈绪美忽然站住了。

"让治……"

她的声音甘甜而轻柔，娇滴滴的。我明白她的意思，默默地把她拥在怀中，仿佛吞下一滴海水般激情燃烧地热吻起来……

十天的休假转眼就过去了，我们依然非常幸福。按照最初的计划，我每天从镰仓去公司上班。说是"常常来玩"的阿关那伙人，只是大约一个星期之后来了一次，以后几乎没有看到他们的影子。

到了那个月末，有件要紧急查阅的事，我有时回家很晚。一般七点之前回来，和奈绪美一起吃晚饭，有时在公司加班到九点，回来时差不多就十一点了。原本预定连续加班五六天的，事情就发生在第四天。

那天晚上，我本该加班到九点的，由于提早结束了工作，八点左右我就离开了公司。像往常一样，我从大井町乘坐省线电车去横滨，然后换火车，在镰仓下车时，还不到十点。每天晚上——其实仅仅三四天的样子——由于近来连续晚回来的日子比较多，我想早点回去，见到奈绪美，然后悠闲地吃晚饭。因此，从车站叫了人力车，沿着御用邸旁边的路往回走。

在这盛夏之时，在公司劳累了一天，又坐了好长时间火车回来，海滨之夜的空气，使我感觉无法形容的柔和清爽。这种感觉并非只是今夜，但那天傍晚，下了一场雷阵雨，因此，从湿漉漉的草叶，露珠滴落的松枝上，静静升起的水蒸气，也带给了我悄然袭来的幽幽香气。虽然随处可见亮晶晶的水洼，但沙土路则洁净得扬不起尘土。车夫跑在路上，宛如踩在天鹅绒上一样，发出沙沙的响声。从一家别墅样住宅的篱笆墙里，传来留声机的声音，偶尔看见一两个穿白色和服的人影在走动，不禁感觉真是来到了避暑胜地。

一直来到木门外面，我才下了人力车，从院子朝厢房的檐廊走去。我以为听到我的脚步声，奈绪美会马上打开檐廊的拉门出来迎接，谁知隔扇里开着明亮的灯，却静悄悄的，她好像不在房间里。

"奈绪美——"

我喊了两三遍，没有回音，于是我上了檐廊，打开拉门，房间里空无一人。游泳衣、毛巾、浴衣胡乱挂在墙上、隔扇或是壁龛上，茶具、烟灰缸、坐垫等等随地乱放，虽然像以往一样扔得乱七八糟的，却是悄无声息，听不到一点动静——我以恋人特有的敏感察觉到，这绝不是人刚刚离开的那种安静。

"她去哪儿了呢？……恐怕已经出去两三个小时了……"

我还是不死心，去查看了厕所、浴室，还下楼去厨房，打开了洗碗池的电灯。映入我眼帘的是一片杯盘狼藉，看样子有人在这里大吃大喝了一通，一瓶喝光了的正宗酒瓶，还有西餐的残羹剩饭。对了，怪不得那个烟灰缸里也有好多烟蒂。肯定是那帮家伙来过了。……

"太太，奈绪美好像不在家，她去哪儿了？"

我跑到上房，去问花匠植惣的太太。

"哦，你是问小姐吗？……"

太太叫奈绪美为"小姐"。我们虽然是夫妻，但对外还是说同居，或是未婚夫妻，所以，不这样称呼，奈绪美就不高兴。

"小姐，那个，傍晚回来过一趟，吃完饭又和大家一起出去了。"

"大家是些什么人呢？"

"这个……"

太太犹豫了一下，说：

"有那个熊谷少爷，还有几个人一起……"

房东太太不但知道熊谷的名字，还称呼他"熊谷少爷"，令我颇为奇怪，但此时没工夫问这个。

"如果说她傍晚回来过一次，那么白天也是和大家在一起吗？"

"下午，小姐一个人去游泳了，然后就和那个熊谷少爷一起回来了……"

"和熊谷君两个人吗？"

"是啊……"

当时其实我并没有多么惊慌，可是看到房东太太说话吞吞吐吐的，表情也显得越来越为难，我才渐渐感到不安起来。我不愿意让这位太太察觉到我的不安，可是语气还是控制不住的焦躁起来。

"听你这么说，他们俩不是和大家在一起了？"

"是啊。那时只有他们两个人。她说今天饭店有日场舞会，就出门了……"

"后来呢？"

"后来，傍晚大家一起回来了。"

"晚饭，是他们一起在家里吃的吗？"

"是的。好像特别热闹……"说着，太太观察着我的眼神，露出了苦笑。

"吃了晚饭又出去，是什么时间？"

"我想想，那时候好像是八点左右吧……"

"就是说已经两个小时了。"我脱口而出。

"那么，他们是在饭店里吗？太太没听到他们说什么吗？"

"不是太清楚。有可能是别墅那一带吧……"

对呀，这么一说，我想起阿关的叔父有一栋别墅在扇谷这事。

"啊，这么说是去别墅了？那我现在就去接她回来，在哪个方向，太太知道吗？"

"就在附近不远的长谷海边……"

"什么？是长谷吗？我怎么听说是在扇谷呢……那个，我是说，奈绪美的朋友里有个叫阿关的，不知道今晚他来没来这里，就是他的叔父的别墅……"

我这么一说，太太的脸上突然闪过一缕吃惊的神色。

"难道不是那个别墅吗？"

"是啊……那个……"

"长谷海边的别墅，到底是谁的呢？"

"那个……是熊谷少爷的亲戚的……"

"熊谷君的？"我的脸色顿时变得惨白。

太太告诉我，从停车场沿着长谷大街往左拐，顺着海滨饭店前的路一直往前去，就到海边了。位于那个突出岩石边的大久保先生的别墅，就是熊谷少爷的亲戚的。我还是第一次听说。无论奈绪美还是熊谷，从来都没有对我透露过一点。

"这么说，奈绪美常常去那个别墅了？"

"这个，我可说不好……"

虽然这么说，但房东太太忐忑不安的神情没有逃过我的眼睛。

"不用说，今天晚上并不是第一次了？"

我不由自主地呼吸急促起来，声音颤抖着，怎么也控制不了了。大概是被我凶狠的表情吓着了吧，太太的脸色也变得苍白。

"放心，我不会给你添麻烦的，请不要顾虑，都告诉我吧。昨天晚上怎么样啊？也出去了，对吧？"

"是的……昨晚小姐也出去了……"

"那么前天晚上呢？"

"是的。"

"出去了吧？"

"是的。"

"大前天晚上呢？"

"是，大前天晚上也是……"

"从我下班回来晚开始，每天晚上一直是这样吗？"

"这个……记得不太清楚……"

"那么，一般来说大概几点回来呢？"

"我只能说是大概……十一点不到……"

看来从一开始，这两个人就一起蒙骗我！难怪奈绪美提议要来镰仓呢！我的脑子里犹如暴风一般旋转起来，我的记忆以飞快的速度，将前些日子奈绪美的言行举止毫无遗漏地呈现出来。一瞬间，给我设下的种种圈套，无比清晰地显现出来了。那圈套复杂至极，其中有着像我这样单纯的人，做梦也想象不到的两重乃至三重的谎言，有着精心策划的骗局，而且，到底有多少人参与了这个阴谋，根本搞不清楚。我仿佛从平坦安全的地面，突然被推入了深深的陷阱，从坑底羡慕地仰望着地面上，欢声笑语地走过去的奈绪美和熊谷、浜田、阿关和其他无数身影。

"太太，我现在出去一下，要是奈绪美回来了，请不要告诉她我回来过了，我不想让她知道。"说完，我就跑出了门外。

我来到海滨饭店门前，按照房东太太告诉我的路线往前走，尽量挑黑暗的地方走。那一带的路两边都是一座座大别墅，非常幽静，这条街夜晚行人很少，恰好不是那么明亮。在一户的门灯下，我看了看手表，十点刚过。在那个大久保的别墅里，到底奈绪美是和熊谷两个人呢，还是和那帮家伙在一起疯玩呢？不管怎样，我要亲眼确认一下。可能的话，最好神不知鬼不觉地找到证据，回头等着瞧他们怎样巧言辩解。最后再拿出证据，让他们无话可说，我这么想着，加快了脚步。

很快就找到了那个别墅。我在别墅外面走了几个来回，观察别墅的动静。气派的石门里，栽种着茂密的植物，一条石子路从那些植物中间穿过，一直通向最里面的玄关。门牌上的"大久保别墅"几个字很陈旧，覆盖着青苔的石墙环绕着宽阔的庭院，无论怎么看，它都不像是别墅，更像是一座老宅子。熊谷居然有亲戚在这样的地方拥有如此豪宅，越想越觉得匪夷所思。

我尽可能轻轻地走路，不发出声音，走进了大门里。由于树木茂密，从外面看不清上房的情况，走近一看，不可思议的是，外玄关和内玄关，以及楼上楼下，所有房间都静悄悄的，房间的门也都关着，没有点灯。

"怎么回事，难道说后院还有熊谷的房间吗？"

想到这儿，我又轻手轻脚地沿着上房绕到了后院，果然，二楼上的一个房间和下面的厨房门口亮着灯呢。

一眼就看得出，熊谷的房间在这二楼上。因为我看到檐廊上，那把曼陀铃靠栏杆立着，而且房间里，还有我看着眼熟的托斯卡纳礼帽挂在柱子上。虽然隔扇打开着，却听不到说话声，说明现在那个房间里没有人。

……对了，厨房的拉门也开着，看来有人刚刚从那里出去。我借着从厨房门照到地上的微弱光亮往前走，发现在四五米处有一扇后门。后门只是两根旧木头柱子，没有门扉，从柱子中间，可以望见由比浜海滩的潮水，在黑暗中勾勒出的一道清晰的白线，闻到了一股浓浓的海潮味。

"一定是从这儿出去了。"

我从后门出去，刚走到海边，就听见了奈绪美说话的声音，千真万确是奈绪美。刚才一直没有听见，多半是风向的关系吧……

"等一下，鞋里进沙子了，走不了啦。谁帮我把沙子弄出来？阿熊，你帮我把鞋脱了吧！"

"我可不愿意。我又不是你的奴隶。"

"你要是这么说，我就不喜欢你了。……还是阿浜好……谢啦，谢啦，只有阿浜对我好啊，我最喜欢阿浜了。"

"坏蛋！就知道欺负老实人。"

"哈哈哈哈，讨厌，阿浜，别那么挠脚心呀！"

"谁挠脚心了。脚上沙子这么多，我不是帮你弄干净吗？"

"顺便舔舔脚的话，就成爸爸了。"

说话的是阿关，紧接着，四五人一齐大笑起来。

从我站着的沙丘上，缓缓下去的斜坡前面，有个挂着苇帘子的茶店，声音就是从那个小屋里传出来的。我和小屋之间距离不到十米。我身上还穿着那件茶色羊驼呢西服，我把上衣领子竖起来，扣上领扣，以便不露出里面的衬衫，将草帽夹在腋下。然后猫下腰，朝着小屋后面的井边暗处跑去，这时，听到奈绪美说：

"好了，走吧，这回去那边看看吧。"

奈绪美打头，他们几个人从茶屋出来了。

他们没有发现我，从茶屋前面朝海边走下去了。我只能看见浜田、熊谷、阿关和中村——四个男人穿着单和服，夹在他们中间的奈绪美，披着黑斗篷，穿着高跟鞋。她没有把斗篷和高跟鞋带到镰仓的住处来，可见是跟别人借的。海风吹得她的斗篷下摆啪嗒啪嗒飘动，看样子，奈绪美好像是两手从里面揪住斗篷，紧紧裹住身体走路，所以，浑圆丰满的臀部在斗篷里面扭动不停。而且她像喝醉了酒似的，故意跟跟跄跄地走路，肩膀不时碰到左右两边的男人身上。

我一直弯着腰，屏住呼吸，直到他们走出五十米开外，白色单和服变得模糊不清后，才站起身来，悄悄地跟了上去。最初，我以为他们会一直沿着海边，朝材木座方向而去，但中途他们往左拐去，好像是翻越沙丘，去了街市那边似的。当他们的身影完全隐没在沙丘那边之后，我立即全速跑上山去。因为我知道，他们要去的前方正是松林遍布的那个昏暗的别墅街区，很容易隐藏，所以，即便再靠近一些，也不用担心被他们发现。

一走下沙丘，就听到了他们快活的歌声。这也难怪，他们

160

就在不到五六步的前面，一边合唱，一边打着拍子往前走。

Just before the battle, mother,

I am thinking most of you,

……

这是奈绪美最喜欢唱的歌。熊谷走在最前头，指挥似的挥动着手臂。奈绪美仍然晃晃悠悠地走着，不断地撞着两边男人的肩膀。被她撞的男人也像在划船似的，摇摇摆摆地前行着。

"嗨哟！嗨哟！……嗨哟！嗨哟！"

"干什么呀！这么推我的话，会撞墙上的。"

叭叭叭，好像有人用手杖在敲打墙壁。奈绪美"咯咯咯"大笑起来。

"来吧，现在唱嚁尼卡、乌哇、维吉、维吉！"

"好啊！这是夏威夷草裙舞，大家要一边唱一边扭屁股！"

"嚁尼卡、乌哇、维吉、维吉！可爱的小黑妞，快告诉我吧……"

他们一齐扭着屁股唱起来。

"哈哈哈，扭屁股要数阿关最棒了。"

"那是当然。我这两下子，还是专门研究过的呢。"

"在哪儿？"

"上野的和平博览会呀。土著人不是在万国馆里跳舞了吗？我连续去看了十天呢。"

"你小子也真够蠢的。"

"我看你不如也去万国馆跳舞好了，就你这模样，跟土著人很难分辨噢。"

"喂，阿熊，几点了？"

说话的人是浜田。浜田没有喝酒，好像最清醒。

"不知道啊？谁戴表了？"

"我戴了……"

中村说着，划了一根火柴。

"已经十点二十了。"

"没事的，十一点半之前，爸爸回不来的。咱们下面就绕着长谷大街走一圈吧。我想这副样子，再去人多的地方走一圈呢。"

"赞成！赞成！"阿关大喊。

"不过，我这样子走在街上，像什么人啊？"

"怎么看也是女头领啊。"

"我要是女头领的话，你们可都是我的喽啰了噢。"

"我们就是盗贼四人呀。"

"那我就是盗贼弁天小僧啦。"

"是啊，话说女头领河合奈绪美……"

熊谷用画外音的腔调说起来。

"……趁着夜色，身披黑色斗篷……"

"呵呵呵，快打住吧，你这腔调也太下作了！"

"……率领四个坏蛋，从由比浜海岸……"

"够了，阿熊！还不住嘴！"

"啪"的一声，奈绪美扇了熊谷一个嘴巴。

"啊，好痛……这下流腔调是咱天生的嗓音，我没有当上说唱演员，实在遗憾终生啊。"

"可是，玛丽·皮克福特当不了女头领呀。"

"那谁可以呢？普丽西拉·迪恩[1]吗？"

"对了，就是普丽西拉·迪恩。"

"啦啦啦——"

就在浜田再一次唱着舞曲、手舞足蹈起来的时候，我看到他踩着舞步突然向后转身，赶紧躲进了树荫里，与此同时，浜田"哎呀"叫了一声。

"谁呀？……这不是河合先生吗？"

所有人都立刻不说话了。原地站住，透过暗夜，回头朝我看，"糟糕"，此时想躲已经来不及了。

"爸爸？这不是爸爸吗？你在这儿干什么呢？还不快来跟我们一起玩呀。"

1　普丽西拉·迪恩：美国女演员。

奈绪美大步走到我跟前，啪的一下敞开斗篷，伸出胳膊搭在我肩上。我一看，斗篷里面，她身上竟然什么也没穿。

"你想干什么？真给我丢脸！不知羞耻！娼妇！婊子！"

"呵呵呵呵……"

奈绪美的笑声里酒气熏天。迄今为止，我还从来没有见她喝过酒。

十六

关于奈绪美是怎样欺骗我的，在当天晚上和次日，我花了两天时间，好容易才从她嘴里问出了一些。

正如我推测的那样，她之所以想来镰仓，果然是想和熊谷一起玩乐的。在扇谷有关的亲戚，完全是她胡编的，而长谷大久保的别墅确实是熊谷叔父的。不仅如此，我租借的厢房，其实也是熊谷介绍的。这个花匠经常出入大久保的宅邸，所以熊谷跟他磋商，让房客搬出去，我们搬进去，具体怎么谈的就不清楚了。不用说，这是奈绪美和熊谷商量之后做的事情，什么杉崎女士从中周旋啦，什么东洋石油的董事云云，全都是奈绪美信口胡说的。难怪她独自把这事就办妥了。

据植惣太太说，奈绪美第一次来看房子，就是和熊谷"少爷"一起来的。看上去和"少爷"熟悉得像是一家人，而且事先已经说好了，没别的办法，只好辞掉了原先的客人，把房子给我们腾出来了。

"太太，因为意想不到的牵连，给您添了这么大麻烦，实在很抱歉。不过，还是要请你把知道的事情都告诉我，好吗？不管遇到什么情况，我都不会说出您的名字。我绝对不会为这件事去追究熊谷。只是想了解一下真实情况。"

第二天，我第一次跟公司请了假。然后寸步不离地监视奈绪美，警告她"一步也不许离开房间"，把她的衣服、鞋子、钱包全部送到上房，在那里盘问起了房东太太。

"这么说，从很早开始，他们就趁我不在家，偷鸡摸狗了吗？"

"是的，一直是这样的。有时候少爷过来，有时候是小姐去找他……"

"大久保先生的别墅里，都有什么人呢？"

"今年，一家人都回本宅那边去了，偶尔也过来，一般都是熊谷先生的少爷一个人来。"

"那么，熊谷君的朋友呢？那些家伙也经常来吗？"

"是的，隔三岔五地过来。"

"那么，他们是熊谷君带来的呢，还是分别来的呢？"

"这个嘛……"

后来我才意识到，当时，太太好像非常为难的样子。

"……有时候是他们自己来的,有时候是和少爷一起来的,不一定……"

"除了熊谷君之外,有没有人单独来呢?"

"我记得那位名叫浜田的年轻人,还有另外几位,好像是单独来过……"

"他们每次来都出去玩吗?"

"不出去,一般都是在家里聊天。"

我最不能理解的就是这件事。倘若奈绪美和熊谷有染的话,为什么要把那些碍事的家伙招来呢?他们之中的某个人,单独来这里和奈绪美聊天,又是这么回事呢?倘若他们都是冲着奈绪美来的,为什么能够相安无事呢?昨晚,四个男人不也是友好地说说笑笑吗?这么一想,我又糊涂起来,就连奈绪美和熊谷之间到底有没有暧昧关系,也产生了怀疑。

可是,在这个问题上,奈绪美一直守口如瓶。她一直声称自己没有其他打算,只是想和好多朋友一起痛快地玩玩儿。当我质问她"既然如此,你为什么那样耍花招欺骗我?"时,她回答:

"还不是因为爸爸总是怀疑他们,成天疑神疑鬼的吗?"

"那我问你,你跟我说,阿关的亲戚在这儿别墅,又怎么解释呢?阿关和熊谷有什么不同呢?"

我这么一说,奈绪美理屈词穷了。她马上低下头,咬着嘴唇不说话，翻起眼皮，一眼不眨地瞪着我。

"那是因为你最怀疑的是阿熊……我以为换成阿关的话，多少会好一点呢。"

"不准再叫他什么阿熊了！他不是有熊谷这个名字吗！"

我实在忍无可忍，终于彻底爆发了。我一听到她说"阿熊"，就厌恶得浑身起鸡皮疙瘩。

"你说！你和熊谷有过暧昧关系吧？老老实实说清楚！"

"怎么可能呢？你这么怀疑，有什么证据吗？"

"即使没有证据，我也都知道。"

"凭什么这么说？……你怎么证明呢？"

奈绪美的态度极其坦然。她的嘴角甚至浮出了可恨的冷笑。

"昨晚你那副德行，你怎么解释呢？你那样丢人现眼，难道还说自己是清白的吗？"

"那是因为他们把我灌醉了，让我那样的呀。……我不过就是在街上走走而已啊。"

"好吧！你的意思是说，自己是清白的了？"

"是啊，是清白的。"

"你敢发誓吗！"

"当然敢啦。"

"好！你别忘了这句话！可是，我对你说的话，已经一句也不相信了。"

然后，我就不再和她说话了。

我怕她给熊谷写信，就把信纸、信封、墨水、铅笔、钢笔、邮票等所有东西都收走了，把这些东西和她的行李一起存放在植惣太太那里。为了不让她在我上班的时候偷跑出去，只留给她一件红色绉绸睡袍。第三天一早，我假装去公司上班，离开了镰仓。在火车上，我思考了一路，怎样才能获得她偷情的证据。最后决定，先回一趟已经空了一个月的大森的家。如果她和熊谷有私情的话，肯定不是这个夏天才开始的。我觉得去大森翻翻奈绪美的东西，说不定能找到信笺什么的。

那天，我比平日晚上了一趟车，所以回到大森的家时已经十点了。我从正面的门廊进去，用钥匙打开大门，穿过画室，上了二楼，打算查看她的房间。当我打开她房间的门，迈进去一步时，不由得"啊"地叫了一声，惊得呆若木鸡，说不出一句话来了。因为浜田竟然一个人躺在房间里发呆呢！

浜田看见我进来，脸突然变得通红，立刻站了起来。

"你好。"

"你好。"

然后两个人四目相对，审视着对方。

"浜田君，你怎么会在这儿？……"

浜田的嘴唇嚅动着，似乎想要说什么，还是没有说，在我面前仿佛在乞求怜悯似的低垂着头。

"怎么回事？浜田君，你什么时候来我家的？"

"我是刚刚……刚来的。"

他似乎已经做好了逃不掉的精神准备，清晰地回答。

"可是，我家应该是锁着门的，你是从哪儿进来的呢？"

"是从后门……"

"后门应该也是锁着的呀……"

"是的，我有钥匙……"浜田声音小得几乎听不见。

"钥匙？……你为什么会有呢？"

"是奈绪美给我的。……我这样一说，我为什么会在这儿，估计您已经大致明白了……"

浜田轻轻地抬起头来，直直地正视着我惊愕的脸。他的表情里，透出了敢作敢当的公子哥儿品格，看不到往日纨绔子弟的油滑了。

"河合先生，我能猜到您今天为什么突然来这儿的原因。我的确一直在欺骗您。您对我实行什么样的制裁，我都心甘情愿地接受。现在这么说或许有些可笑，其实，我很早就想……在被您发现之前，向您坦白我的罪过了。……"

说着说着，浜田的眼里溢满了眼泪，顺着脸颊吧嗒吧嗒滴落下来。这一切太出乎我的意料了。我眨巴着眼睛，默默地瞧着他，尽管我大致相信了他的坦白，还是有很多不明白的

169

地方。

"河合先生，请您宽恕我吧……"

"可是，浜田君，我还没有搞明白是怎么回事呢。你从奈绪美那里得到钥匙，到底来这里干什么呢？"

"在这儿……今天在这儿……是约好和奈绪美小姐见面的。"

"什么？你和奈绪美约好在这儿见面？"

"是的。……而且不只是今天。已经来过好多次了。……"

经过详细询问，我才知道我们来镰仓后，他和奈绪美在这里约会三次了。就是说，奈绪美等我去上班后，便出了门，晚一趟或两趟车来到大森。一般是上午十点前后来，十一点半之前回去。所以最晚下午一点左右，就回到镰仓，这样房东就不会怀疑她会在这段时间里去大森了。浜田还告诉我，今天早上也是约好十点和奈绪美约会，所以，刚才我上楼时，他还以为是奈绪美来了呢。

听了他这番令人惊讶无比的自白，起初我只感觉内心一片茫然。吃惊得说不出一句话来——她的所作所为简直太过分了——当时我就是这样的心情。顺便说一句，我那时三十二岁，奈绪美十九岁。一个十九岁的姑娘，竟然如此色胆包天，如此狡黠恶毒地欺骗了我！原来奈绪美是个这样可怕的少女，迄今为止，即便是此刻，我也难以置信。

"你和奈绪美，到底是从什么时候开始变成那种关系的？"

宽恕不宽恕浜田不重要，我现在一门心思只想刨根问底，搞清楚事情的真相。

"很早就开始了。大概是您还不认识我的时候……"

"那么，是不是我第一次见到你的时候呢……就是去年秋天，我下班回来，看见你和奈绪美站在花坛边说话，还记得吗？"

"是的，差不多正好一年了……"

"那么，从那时候就开始了？"

"不是，还要早一些。我是去年三月开始，去杉崎女士那里学钢琴的，在那儿认识的奈绪美小姐。后来没过多久，大概三个月之后吧……"

"那时候，你们是在哪儿约会呢？"

"也是在您大森的家里。上午奈绪美也不去哪里学习，一个人觉得特别寂寞，就让我来玩儿，这是最初来这儿的原因。"

"嗯，那么，是奈绪美邀请你来玩的了？"

"是的。而且我根本不知道您的存在。奈绪美告诉我，她老家在乡下，现在是来大森的亲戚家住，和您是表兄妹的关系。您第一次来黄金国跳舞时，我才知道不是她说的那种关系。可是，我……那时候已经克制不了自己了。"

"这个夏天，奈绪美想要去镰仓，想必也是和你商量的结果吧？"

"这个事不是我的主意。怂恿奈绪美小姐去镰仓的是熊谷。"

浜田说到这儿，突然激动起来：

"河合先生，受到欺骗的不只是您一个！我也被她骗了！"

"……这么说，奈绪美和熊谷君也有关系？……"

"是的。现在最能控制奈绪美小姐的人其实是熊谷。我早就隐约察觉到奈绪美小姐喜欢熊谷了。可是，我万万想不到，她一边和我好，一边还和熊谷搞到一起。而且奈绪美小姐说，自己只不过是喜欢和男孩子随心所欲地玩闹，绝对不会做出其他什么勾当的，我觉得她也不像在说谎……"

"唉……"

我叹了口气说道：

"这就是奈绪美的手段啊。她对我也是这么说的，所以就相信她了。……那么，你是什么时候发现她和熊谷好上的？"

"您还记得，有一次下雨的晚上，我们在这里挤在一起睡觉吧。就是那天晚上我发现的。……那天晚上，我真的非常同情您。因为那天，我看他们二人厚颜无耻的样子，总觉得不是正常的关系。我越是感受到自己在嫉妒，就越能体会到您的

172

心情。"

"那么，你说是那天晚上察觉到的，只是从他们的态度上推测，这样想象的……"

"不是这样的。我的想象是有确凿事实根据的。黎明时分，您在睡觉，所以不知道，我因为睡不着，迷迷糊糊看见他们在接吻。"

"奈绪美知道不知道被你看到了呢？"

"她知道。后来我对奈绪美小姐说了，而且要她务必和熊谷一刀两断。我不愿意被人当猴耍，既然到了这个地步，就不能不娶奈绪美小姐……"

"什么不能不娶啊？……"

"哦，是这样的，我本打算把我们的恋情都告诉您，娶奈绪美为妻。奈绪美小姐说，您是个明白事理的人，只要把我们的痛苦心情如实相告，您一定会答应的。不知是真是假，听奈绪美小姐说，您只是为了把奈绪美小姐培养成知书达理的大家闺秀，才收养她的，所以虽然同居，并没有约定要结为夫妻。而且您和奈绪美小姐年龄相差很多，即便结了婚，也未必能够幸福……"

"这些话……这些话都是奈绪美对你说的？"

"是的，她就是这么说的。她一再向我保证，最近就准备和您摊牌，和我结婚，所以，让我再等一段时间。而且还保证和熊谷一刀两断。可是，这些全都是胡说八道。其实，奈绪美小姐从一开始，就没打算和我结婚。"

"奈绪美和熊谷君，是不是也是这样保证的呢？"

"这个我就不清楚了，我想应该不会吧。因为奈绪美小姐水性杨花，而熊谷也不是专情的人。那家伙比我可要狡猾多了……"

真是不可思议，我原本就不憎恨浜田，听他说了这番话后，不禁产生了同病相怜的心情。而且更加憎恨熊谷了。我强烈感到，熊谷才是我们二人共同的敌人。

"浜田君，咱们不能老在这儿说话，还是找个地方边吃边聊吧。我还有好多话想要问你呢。"

我叫他跟我出来，觉得西餐馆不适合说话，就带他去了大森海岸的"松浅"餐馆。

"那么，河合先生今天也没上班吗？"

浜田的语调也不像刚才那样紧张了，好像卸下了重负似的，一路上和我谈得很融洽。

"是的，昨天也没去公司。公司这阵子又格外忙，不去上班很不好意思，可是从前天以来，脑子里一团乱麻，根本没心思去上班。……"

"奈绪美小姐知道您今天来大森吗？"

"我昨天一整天没有出门，今天告诉她去公司，其实来了这里。那个女人很敏感，说不定猜到了，但绝对想不到我会来大森的。我想搜查一下她的房间，看看有没有情书什么的，所以就突然过来了。"

"是吗？我还以为您是来抓我的呢。要真是这样，回头奈绪美小姐说不定也会来吧。"

"不会的，你放心吧。……我把她的衣服和钱包都拿走了，我不在的时候，她一步也出不了门。她现在穿的那件，连门口都去不了。"

"真的吗？穿的什么呀？"

"就是你也知道的那件，粉红色的睡袍。"

"哦，是那件呀。"

"只穿那么一件衣服，连细腰带都没有，不可能出门的。就像猛兽被关进笼子里。"

"可是，刚才要是奈绪美小姐来了，会怎么样呢？还不知会闹成什么样呢？"

"不过，你是什么时候和奈绪美约好今天见面的呢？"

"是前天……就是被你发现的那个晚上。因为我那天晚上不高兴了，奈绪美小姐可能是为了安慰我，就让我后天来大森，当然我也是个窝囊废。我应该和奈绪美小姐绝交，要么就和熊谷干一架，可是我做不到。自己也明知太卑鄙，无奈性格太懦弱，仍然优柔寡断地和那些家伙混在一起。所以虽说是被奈绪美小姐欺骗，其实我自己就是个大笨蛋。"

我觉得他这些话仿佛在说我似的。当我和他在松浅餐馆的榻榻米上对面而坐时，不知怎么觉得这个男人变得可爱了。

十七

“请吧，浜田君，你能够对我实话实说，我非常欣慰。咱们还是先喝一杯吧。”

说着，我举起了酒杯。

“这么说，河合先生已经原谅我了吗？”

“没有什么原谅不原谅的。你受了奈绪美的欺骗，不知道我和奈绪美之间的关系，不知不为罪嘛。我已经不恨你了。”

“太感谢您了，您这么说，我也就安心了。”

可是，浜田还是很难为情似的，劝他酒，也不喝，微微低着头，顾虑重重地问道：

“冒昧地问一句，河合先生和奈绪美小姐的确不是亲戚关系吗？”

过了一会儿，浜田仿佛鼓足勇气似的这样问道，然后轻轻叹了口气。

“对，根本就不是什么亲戚。我出生在宇都宫，她是纯粹的江户儿，娘家现在仍然在东京。她本人虽然很想去学校读书，可是，由于家庭条件不允许，不能如愿。我看她可怜，在她十五岁时就收养了她。"

"那么，现在你们已经结婚了？"

"是的，已经结婚了。我们得到双方父母的认可，正式履行了手续。只是，那时她才十六岁，由于年纪太小，称呼她'太太'怪别扭的，而且她本人也不愿意，所以我们就约定，暂时以朋友的名义生活在一起。"

"原来是这样啊，怪不得会造成误解。看奈绪美小姐的样子，不像是结了婚的，她自己也没这么说，所以我们都被她骗了。"

"奈绪美当然不对，但我也有责任。我不喜欢一般人所谓的'夫妻'形式，主张过一种不像是夫妻的婚姻生活。这个想法铸成了大错，今后我一定要纠正过来。这回可是受到惩罚了。"

"还是纠正一下比较好啊。还有，河合先生，我自己也不好，还这么说别人虽说有些好笑，不过，熊谷这个人心术不正，您要多多留神啊。我绝不是因为恨他这么说的。熊谷也好，关、中村也罢，那些家伙都不是什么好东西。奈绪美小姐不是那么坏的人，都是被他们带坏了。……"

浜田异常激动地说道，双眼里又充满了泪花。原来这个青年，是这般爱恋奈绪美的啊，这么一想，我不由得对他涌起一股既感激又愧疚的情感。如果我没有告诉浜田，我和她已经是正式夫妻的话，他多半会请求我把奈绪美让给他的。不仅如此，即便是眼下，只要我放弃奈绪美，他肯定会立即娶她的。这个青年的眉宇间，充溢着令人心疼的热情，让人无法怀疑他会这么做的。

"浜田君，我会听从你的忠告，争取在两三天内解决此事。奈绪美如果真的和熊谷断绝关系，便既往不咎，否则的话，我一天也无法和她过下去了……"

"可是，可是，请您千万不要抛弃奈绪美小姐。"浜田急忙打断了我的话，"要是被您抛弃的话，奈绪美小姐肯定会堕落下去的。奈绪美小姐也是无辜的。……"

"谢谢你！真的谢谢你！对你的好意，我感到非常高兴。其实我从她十五岁时就照顾她了，纵然被人们嘲笑，我也没有想过抛弃她。只是那个女人太要强了，我得想个好办法，让她和那些狐朋狗友分手。"

"奈绪美小姐的确特别固执。因为一点小事，和她争吵几句，她就能跟你翻脸，所以请委婉地跟她好好说。我这么说，请不要见怪……"

我对浜田"谢谢""谢谢"地说了好多遍。如果我们之间没有年龄、地位的差距之类的话，如果我们以前就是很亲密的朋友的话，我恐怕会拉住他的手，和他拥抱哭泣的。我的心情可以说激动到了如此地步。

"浜田君，以后也欢迎你一个人来我家玩。千万不要有什么顾虑。"

临别时，我对他这么说。

"好。不过，暂时我可能不会来了。"

浜田踌躇着，不想让我看到他的脸，低下头说道。

"为什么呢？"

"暂时不行……等我能把奈绪美小姐忘掉之后吧……"

这么说着，他戴上帽子遮挡眼泪，说了声"再见"，没有乘坐电车，从"松浅"门前朝品川方向走去了。

然后我还是去公司上班了。当然工作也是心不在焉。奈绪美那家伙此时在干什么呢？我只留给她一件睡衣，想必她哪里也去不了。虽然这么想，我还是放心不下。毕竟出乎意料的事一件接着一件，随着一再受欺骗，我的神经变得异常敏感，甚至有些病态了，开始想象或臆测起各种各样的情景来，因此，渐渐地觉得，奈绪美这个女人具备了我的智商根本达不到的变幻莫测的神通，不知她什么时候又会搞出什么花样来，让人根本无法掉以轻心。说不定我不在家的时候，她又会搞出什么名堂来。我对付着做完公司里的事情，就急急忙忙回了镰仓。

"我回来了。"

我一看到站在门口的房东太太，就问候道。

"她在家里吗？"

"啊，好像在家。"

于是我松了口气，问："有什么人来吗？"

"没有人来。"

"她怎么样？今天在家做什么了？"

我朝厢房那边抬了抬下巴，对太太使了个眼色。这时我发现，奈绪美所在的房间关着隔扇，玻璃窗里面黑乎乎、静悄悄的，好像没有人似的。

"不太清楚她做了什么……今天一天，都关在房间里……"

哼，终于老老实实地待了一天。不过，这么悄无声息的，是怎么回事呢？她现在是什么状态呢？我怀着忐忑的心情轻轻地上了檐廊，打开了厢房的拉门。此时傍晚六点刚过，只见奈绪美四仰八叉地躺在光线照不到的房间角落里呼呼大睡呢。她把我的雨衣拿出来缠在腰上，大概是有蚊子叮咬，她滚来滚去的缘故吧，睡衣仅仅遮盖了小腹，而雪白的手脚，犹如开水烫过的圆白菜根茎似的，都从红色绉绸袍里露了出来。

在这种时候，我的心偏偏被她这种魅惑的样子挑逗起来。我默默地打开电灯，独自迅速换了和服，故意用力开关壁橱的门。不知是听到还是没有听到，奈绪美的鼻息依旧很平稳。

"喂！还不起来呀，天都黑了。……"

我靠着桌子假装写信，干坐了三十分钟，终于按捺不住了，对她开了口。

我吼了两三声之后，她才不情愿地懒洋洋地"嗯——"了一声。

"喂！还不快起来！"

"嗯——"

只答应一声，等了好半天也不起来。

"喂！你干什么呢！我叫你没听见吗！"

我站起来，用脚粗暴地晃动她的腰部。

她"啊——"了一声，先笔直地伸出两条柔软的细胳膊，攥紧红红的小拳头使劲向前杵，强忍着呵欠，慢慢坐起来后，偷偷瞅了我一眼，立刻扭过脸去，不停地挠起了脚背、腿肚子、后背上被蚊子叮过的地方。不知道是睡过头了还是悄悄地哭过，她的眼睛充血，头发像妖怪似的乱蓬蓬地披散在肩膀上。

"赶快换身衣服，不要这么光着。"

我去上房取来了她的衣服包裹，扔在她面前，她一句话也不说，沉着脸换了衣服。然后晚餐送来了，吃饭时，两个人自始至终都没有说话。

在这段长时间相对无语的郁闷过程中，我一直在思索如何才能让这个女人说实话，让这个矫情的女人老老实实认错呢？浜田的忠告——奈绪美小姐特别固执，因为一点小事，和她争吵几句，她就能跟你翻脸，我当然铭记在心。浜田之所以那样给我忠告，恐怕是从他的切身体会得来的，我也不止一次有过同样的感受。最关键的是，不能把她惹火了，既要小心翼翼跟她说话，不要跟她争吵，又不能让她觉得可以不把我放在眼里。就是说，和她谈话最忌讳的，就是我摆出审判者般的姿态去质问她"你和熊谷是不是做什么什么了？""和浜田也怎样怎样了吧？"

这样正面紧逼的话，她绝不是个能马上老实就范的女人。她一定会抗拒到底，一口咬定什么也没有做。而我就会渐渐忍耐不住，气急败坏起来。倘若到了这个程度，就根本谈不下去了，因此，万万不可采取盘问的方式。不如干脆打消让她说实话的想法，还是我把今天发生的事如实告诉她比较好。这样就算她再嘴硬，也不能说不知道吧。好，就这么办，打定主意后，我就对她如实相告：

"今天早上十点左右，我去了一趟大森，遇到浜田了。"

"噢……"

奈绪美果然吃惊地避开我的视线，哼了一声。

"说话间到了吃饭的时候，我就邀请浜田去了'松浅'，一起吃了饭。……"

从这时开始，奈绪美就不再出声了。我一边观察着她的脸色，一边以平和的语调坦言相告，以免刺激她，可是直到我说完，奈绪美一直都低头听着，而且毫无畏缩之态，只是脸色稍稍有些苍白。

"因为浜田对我说了这些情况，我不问你，也都清楚了。所以你也不需要继续固执了。错了就是错了，只要你这样说就可以。……怎么样，你认错吗？承认自己做了错事吧？"

由于奈绪美一直不吭声，我最担心的盘问态势即将出现，不过，我还是竭力用温柔的语气对她说：

"怎么样？奈绪美。只要你承认自己做错了，我就不再追究以前的事了。我并不是非要你跪在地上认错不可。只要你发誓以后不再犯类似错误就行了。好吗？明白了吗？那你就认个错吧。"

于是，奈绪美很是时候地点了点头。

"好，你明白了吧？以后绝对不和熊谷他们来往了，是吧？"

"嗯。"

"说到做到啊，咱们说定了啊？"

"嗯。"

这个"嗯"让彼此都下了台阶，好歹了结了此事。

十八

那天晚上，我和奈绪美之间仿佛什么事也没发生过一样温情脉脉的。可是说心里话，我绝没有从内心里完全释然。这个女人，已经不再是纯洁无瑕的了。这个念头不仅沉甸甸压在我心里，而且使得我曾经的宝贝奈绪美的价值降低了一多半。因为她的价值，大半在于我亲手培养、造就了这样一个可爱的女人，而且只有我一个人了解她肉体的所有部分。也就是说，奈绪美这个女人，如同是我自己栽培的一颗果实。为了结出今天这样成熟的果实，我殚精竭虑，付出了很多精力。所以品尝这果实应该是我这个栽培者理所当然的报酬，其他人都不应该拥有这个权利。然而，不知何时，它被毫不相干的人剥皮啃食了。而且，这果实一旦被玷污了，无论她怎样道歉，都无法挽回了。

"她的肌肤"这一珍贵的神圣之地，被两个窃贼践踏，留下了永远无法消除的肮脏足印。我越这么想就越是感到悔恨交加，痛心疾首。我并非憎恨奈绪美，而是对发生这样的事，恼恨得无以复加。

"让治，原谅我吧……"

奈绪美看见我默默地流泪，一改白天的态度对我这样说，我只是点点头，仍流泪不止，虽然嘴里说着"好的，原谅你"，心里却消除不了再也回不到从前了的伤感。

镰仓之夏就这样在落落寡欢中结束了，我们虽然回到了大森的住所，可是我心里的疙瘩却难以消除，不由自主地会在一些场合表现出来。从那以后，我们的夫妻关系总感觉不那么和谐了。表面上好像是和解了，其实我并没有真正原谅奈绪美。我即使去公司上班，依然担心她和熊谷幽会。由于太不放心她，每天早上，我总是假装去上班，然后偷偷地绕到后门去监视，到了她去学英语或音乐的日子，便悄悄跟踪她，时常趁她不注意，偷看给她的来信，我变得简直越来越像个秘密侦探了，而奈绪美似乎在暗中嘲笑我的做法,尽管没有向我表示什么抗议,却在行动上故意闹起别扭来。

"喂,奈绪美!"

一天夜晚,奈绪美一脸冷漠地装睡,我摇晃着她的身体说道。

"你为什么老是这样……装睡呢?你难道这么讨厌我吗?"

"我没有装睡啊。我只是想要睡觉,闭着眼睛而已。"

"那就睁开眼睛,人家想和你说话,你哪能闭着眼睛呢?"

我这么一说,奈绪美只好微微睁开一条细细的缝儿,透过睫毛窥视我,这使她的表情显得愈加冷酷。

"怎么?你就这么讨厌我吗?真是这样就直说吧。……"

"为什么这么问呢?……"

"我从你的表现就看得出来。最近咱们倒是不吵架,心里却在相互较劲呢。咱们这样子还像是夫妻吗?"

"我没有跟你较劲啊,不是你在跟我较劲吗?"

"彼此彼此吧。你的态度不能让我放心,我自然就会起疑心……"

"哼!"

奈绪美讥讽地笑了一声,打断了我的话。

"那么我问你,我的态度哪里让你觉得可疑了?怀疑我的

185

话，请拿出证据来。"

"证据虽然没有，不过……"

"没有证据就疑神疑鬼的，只能说你这人有毛病呀。你不相信我，不给我作为妻子的自由和权利，却要像正常夫妻那样生活，那怎么可能呢？我说，让治，你以为我什么都不知道吗？你偷窥人家的来信，像个侦探似的跟踪……你做的事我都知道。"

"这是我不对，不过，我也是因为以前的事，变得神经过敏了。你怎么就不能体谅我呢？"

"那么，你到底想要我怎么做呢？以前的事，你不是说既往不咎了吗？"

"只要你能对我敞开心扉，发自内心地爱我，我就能完全放松下来。"

"可是即便我那么做，你要是不相信也……"

"我会相信的。以后我保证相信你。"

在此，我必须坦白男人的浅薄。白天还好说，到了夜晚，我就会输给她。与其说是我输给她，不如说是我身体里的兽性被她征服了。事实上，我还不能完全相信她，尽管如此，我的兽性却盲目地强迫我屈服于她，让我不顾一切地向她妥协了。就是说奈绪美对我来说，已经不再是珍爱的宝贝，不再是跪拜的偶像，而是一个娼妇了。既没有恋人的纯洁，也没有夫妻的情爱。曾经的一切早已成为往日的梦境消失不见了！若问我既然如此，为何对这样不贞洁的、肮脏的女人还如此留恋，因为我完全被她的肉体所魅惑，不能自拔。这是奈绪美的堕落，同时也是我的堕落。因为我抛却了作为男子的节操、洁癖、纯情，抛却了往日的自尊，匍匐在娼妇的面前，都不以为耻了。有时候甚至将这可鄙的娼妇的媚态，当作女神一般来崇拜。

奈绪美对我这个弱点了如指掌。她开始意识到自己的肉体对于男人具有难以抗拒的魅惑，只要到了夜晚，就能击垮男人，于是，白天对我摆出一副极其冷淡的态度，仿佛对待路人那样总是板着脸，冷冰冰的，明显地让我感觉到，她不过是对这里的一个男人出卖自己的"女性"，除此之外，对这个男人既没有兴趣，也没有任何缘分。有时我对她说话，她也是爱搭不理的。不得不回答的场合，只回答"是"或是"不"。我只能认为她这么做，是想要表现出对我的消极反抗，以及对我极端轻蔑的意思。

"让治，不管我对你多么冷淡，你也没有生气的权利。你不是已经从我这里得到了你想要的一切吗？你不是已经得到满足了吗？"我一看到她，就感到她用这样的眼神盯着我。而且，她的眼睛动不动就露骨地表现出这样的表情："哼，这家伙真是讨厌死了。就像一条狗似的那么龌龊。没办法，只好先忍着吧。"

这种状态不可能持久的。我心里明白知道，夫妻两个这样互相钩心斗角，早晚有一天会彻底爆发的。一天晚上，我以特别温柔的语气对她说：

"亲爱的奈绪美，咱们不要再这样无聊地冷战下去了。不知你是怎么想的，最近这样形同陌路的生活，我是实在忍受不了了。……"

"你到底想让我怎么做呢？"

"咱们再努一把力，做回真正的夫妻好不好？你和我现在都有些自暴自弃，所以才会这样的。只有努力想办法找回以前的幸福才行啊。"

"就算再努力，感情也很难恢复了。"

"或许是这样，可是我觉得咱们两个是有办法重新幸福的。只要你能答应，就不成问题……"

"什么办法？"

"你生个孩子吧。当孩子的妈妈好吗？只生一个也可以，有了孩子的话，我们一定会成为真正的夫妻的，那样就会幸福了。你能答应我的请求吗？"

"我不愿意。"

奈绪美当即拒绝了。

"你以前不是说过你不要生孩子，要永远年轻，像个少女似的吗？夫妻之间有孩子是最可怕的事情吗？"

"以前的确是那样想的，不过……"

"难道说，你现在不打算像以前那样爱我了？不管我变得多么老多么邋遢也无所谓了吗？我明白了，原来你根本就不爱我。"

"你误会我了。以前，我像对朋友一样爱你，以后要像对妻子那样爱你。……"

"你以为这样，咱们就会像以前那样幸福了？"

"或许不完全像以前那样，但真正的幸福……"

"不要，不要，我可受不了。"

她不等我说完，就拼命摇着头嚷道。

"我渴望以前那样幸福。除此之外，我什么也不想要。我是为了这个才回到你这儿来的。"

十九

既然奈绪美死活不愿意生孩子，我还有另外一招。就是搬出大森的"童话之家"，建立一个更为普通正常的家庭。归根结底，是由于我向往所谓清纯的生活，才住进了这种奇特的很不实用的画室的。使我们的生活变得这般放浪不羁，的确也和这个房子有关系。一对年轻夫妻住这种房子里，又不请女佣，容易随心所欲，清纯的生活反倒会变得不清纯，变得污秽不堪了。因此，为了监视我不在家时的奈绪美，决定雇用一个女佣和一个做饭的。换一个能住下一对夫妻和两个女佣的纯日本式的、适合中流家庭的房子，而不是所谓"文化住宅"。我想把以前使用的西洋家具都卖掉，换成日本式的家具，还特意为奈绪美买了一台钢琴。这样一来，就可以请杉崎女士来家里教授她学习音乐；英语学习，也可以请哈里松小姐来家里，这样她就没有了外出的机会。要实行这个计划需要一大笔钱，我打算跟家里筹措，在一切安排好之前，先不告诉奈绪美，我自己四处奔波去找房子和估算购置什么家具，等等。

家里寄来了一千五百日元汇款单，说是暂时先寄这些。我又拜托家里给找女佣，母亲在和汇款单一同寄来的信里说："正好有一个女佣的适合人选，就是家里的用人仙太郎的女儿，名叫阿花，今年十五岁，那个孩子你也很熟悉，可以放心地使用。做饭的人，我也正在上心地找呢，在你搬新家之前，我会让她们去东京的。"

奈绪美大概是隐约感到我在计划着什么吧，起初表现得极其坦然镇定，仿佛在说"我等着看你搞什么鬼"。可是，就在接到母亲来信两三天后的夜晚，她突然嗲声嗲气地对我撒娇说：

"亲爱的，让治，我想做件新的洋装，好吗？"

语调却带着嘲讽。

"洋装？"

我吃了一惊，愣愣地瞧着她的脸，忽然意识到："哈哈哈，看来这家伙知道寄钱来了，想这么试探我一下。"

"好不好啊，洋装不行的话，和服也行啊。给我做一件冬

190

天出门穿的衣服吧。"

"我暂时不打算给你买这些东西。"

"为什么呀？"

"你的衣服不是多得堆不下吗？"

"衣服多是多，可我都已经穿厌了，想做新的呀。"

"以后绝不允许你那样浪费了。"

"好吧，那么，那些钱是打算干什么用呢？"

终于问出口了！我这么想着，故意装傻：

"什么钱？哪有啊？"

"让治，我看见那个书箱下面的那封信了。让治不是也偷看别人的信吗，那我这么做也可以吧……"

这让我太意外了。奈绪美提起钱的事，我以为她只是看到寄来了挂号信，估计里面有汇款单而已，却完全没有预料到，她会偷看我藏在那个书箱下面的信。可以肯定，奈绪美是想要发现我的秘密，到处寻找来信的。如果她真的看了那封信，汇款单的金额不用说，搬家的事和找女佣的事，她也都已经知道了。

"有那么多的钱，给我做件衣服有什么不可以呢？……你以前不是说过吗，'只要是为了你，住在多么狭窄的房子里，多么拮据，我都可以忍受'。还说过'用这些钱让你过阔绰的生活'，你都忘了吗？和那时候相比，你简直像变了个人哪。"

"我爱你的心没有变，只是爱的方式改变了。"

"那么搬家的事，你为什么瞒着我？你打算不跟我商量一声，就下命令搬家吗？"

"我是想找到合适的房子之后再说，当然是要和你商量的。"

说到这儿，我的语调温和下来，对她安抚道：

"奈绪美，说心里话，即便是现在，我仍然想让你过最好的生活呀。不单是衣着要讲究，住房也要体面，我想提高你的生活水准，更像个时髦的太太。所以，你不该有什么可抱怨的呀。"

"是吗，那可真是谢谢了……"

"明天和我一起去找房子怎么样。只要比这里房间多，而且你也喜欢，哪里都可以。"

"我想找西式房子，日本的房子我可住不惯。……"

我不知该怎么回答，于是奈绪美表现出一副"瞧瞧看，又来了"的表情，毫不客气地说：

"女佣我会托浅草娘家找的，那种乡下的土包子，还是请你回绝了吧。因为是我使用的女佣呀。"

随着这类争执不断增多，二人间的气氛一天比一天阴沉了。一整天不说一句话的情况屡屡发生，最终导致冲突爆发的导火索，是从镰仓回来两个月后的十一月初，我发现了奈绪美未和熊谷断绝关系的确凿证据。

关于发现此事的原委，没必要在此细说。我花心思为搬家做准备的同时，早就本能地感觉奈绪美的行为举止有些怪异，所以一直没有放松对她的监视，终于有一天，我亲眼看到她和熊谷居然胆大包天地在大森家附近的曙楼幽会。

那天早上，我发觉奈绪美妆化得比平日都要浓艳，便起了疑心，所以出了家门后，马上返回后门储藏屋的炭包后面躲起来。（因此之故，我三天两头地不去上班）果不其然，到了九点前后，今天本不是学习之日，奈绪美却打扮得花枝招展地出去了，她没有去车站，而是朝着相反的方向，急匆匆地走去。我等她走了十几米远之后，急忙跑进家里，翻出学生时代用过的披风和帽子，套在西服外面，光着脚穿着木屐，奔出了门外。远远地跟着奈绪美往前走。她进了曙楼之后，不出所料，过了十来分钟，熊谷也进去了，于是我就在外面等着他们出来。

他们回去的时候，也是岔开了时间，这回好像是熊谷晚走一步，差不多是十一点左右，奈绪美先离开了曙楼。（就是说，我几乎在曙楼附近转悠了一个半小时。）她和来的时候一样，目不旁视地走回了距离一千多米远的自己家。我也逐渐加快脚步跟着回去，所以，她打开后门进去后，不到五分钟，我也跟着进去了。

走进家门的一刹那，我看到奈绪美的眼睛直勾勾的，充满凄惨之感。她就像个木头人似的戳在地上，目光尖锐地盯着我，在她的脚下，还散落着我刚才换下来的帽子、外套和鞋袜。看到这些，奈绪美大概明白了一切，在朗朗秋日清晨的画室灯光反射下，她的脸色逐渐变得惨白，一切都尘埃落定般平静至极。

"给我滚出去！"

我只吼了这几个字，自己耳朵都被震了一下，我没有再说话，奈绪美也没有吭声。二人宛如拔刀相对的人，怒目而视，伺机寻找对方的破绽。这一瞬间，我深感奈绪美的容貌太美了。我发现女人的容貌，越是被男人憎恨就变得越美丽。杀死卡门的唐·何塞，就是因为越是憎恨越觉得她美，而杀死了她，此刻，他的心境我完全明白了。奈绪美一眼不眨地盯着我，脸上的肌肉僵住了，失去血色的嘴唇紧闭着，站立的姿态犹如一具邪恶的化身。——啊，原来这就是彻底暴露了淫妇本来面目的丑态。

"滚出去！"

我又吼了一声，我被难以形容的憎恨、恐惧和美驱使着，狠狠抓住她的肩膀，一把推出了门外。

"滚出去！快滚！听见没有，我叫你滚！"

"饶了我吧……让治！以后再也不了……"

奈绪美的表情骤然一变，声音颤抖着哀求起来，眼泪在眼里打着转，突然"咚"的一声跪在地上，哀求般地仰望着我的脸，一再地恳求。

"让治，是我不好，饶恕我吧……饶恕我吧，饶恕我吧……"

她竟然这般可怜地乞求宽恕，让我始料未及，因而愈加激愤起来。我紧握双拳，雨点般地打在她身上。

"畜生！狗！不是人！我和你一刀两断！让你滚，怎么还不滚！"

奈绪美突然意识到"这回真完了"似的，马上改变了态度，倏地站起来，像平时说话那样淡然地说：

"那好吧，我走。"

"好！马上滚出去！"

"是，马上就走……我去二楼，收拾一下换洗的衣服可以吗？"

"你现在马上滚回你家，回头叫人来取！你的东西，我全都会交给他！"

"那可不行，有好些东西，我现在就要用呢……"

"随你的便，快点收拾，听见没有？"

我以为奈绪美说现在要收拾自己东西带走，是在吓唬我，所以我也不甘示弱地这样对她说。她上二楼去，哐当作响地收拾起来，又是篮子又是包袱的，打了好几个行李卷儿，根本背不走，最后自己叫来人力车，装上车带走了。

"那就请多保重吧。多谢你这么长时间对我的关照了……"

临走时，她极其冷淡地说了这么一句。

二十

奈绪美的车走了以后，我不知为什么立刻掏出怀表，看了一下时间。正好是中午十二点三十六分。……啊，刚才她从曙楼出来是十一点，然后大吵一架，瞬间形势突变，刚刚还站在这里的奈绪美已经不见了。仅仅一小时三十六分钟的工夫。……人们往往在看护的病人咽下最后一口气的时候，或是遇到大地震的时候，会不知不觉地看表，我那时突然掏出怀表来看时间，恐怕也是出于相似的心情吧。大正[1]某年十一月某日中午十二点三十六分，在此时此刻，自己终于和奈绪美分开了。自己和她的关系，或许从此宣告终结。……

"终于可以松口气了！终于轻松了！"

我被这段时间以来的对峙搞得疲惫不堪，所以感叹着坐在椅子上，发起呆来。最初的感受是神清气爽，"啊，太不容易了。终于得到解放了。"这不但缘于精神上的疲劳，还由于生理的疲劳。想要好好休息一下，应该说是肉体这方面的痛切要求。奈绪美好比是一种烈性酒，明知喝多了酒对身体不好，可

1　大正：日本大正天皇在位的时期，1912—1926 年。

是每天一闻到那芳醇的香气，一看到满杯的美酒，我还是不能控制自己不喝。于是，日积月累，酒精逐渐渗透到身体的各个部位，倦怠无力，后脑就像铅一样沉重，猛地站起来都会感到眩晕，向后仰都会倒下去似的。而且总感觉像宿醉那样难受，胃不舒服，记忆力衰退，对任何事情都不感兴趣，像个病人似的打不起精神。脑子里不时浮现出莫名奇妙的有关奈绪美的幻觉，这幻觉常常使我感到打嗝似的恶心，她身上的气味、汗味熏得我喘不上气来。所以，"眼不见心不烦"，奈绪美现在不在了，我的心情就像入梅的天空偶尔放晴一般松弛下来。

此时此刻，我也是这般酣畅淋漓的感觉，说实话，这清爽的心情只持续了一小时左右。无论我的肉体多么健壮，短短一小时也不可能恢复疲劳的。我刚想坐在椅子上，喘一口气，脑海里就浮现出刚才奈绪美吵架时异常凄美的容貌，即"越是被男人憎恨，就变得越美丽"的那一刹那她的容貌。那是纵然杀死我也看不厌的可恨至极的淫妇嘴脸，她已经永久烙印在脑海里，想抹也抹不去。随着时间的推移，我感到她越来越清晰地出现在眼前，仿佛还在直勾勾地瞪着我，而且那憎恨的表情渐渐转变为深不见底的美。

回想起来，她脸上浮现出那样妖艳的表情，我迄今为止从来没有看到过。那表情毫无疑问是"邪恶的化身"，同时，也是她的肉体和灵魂所具有的所有的美，发挥到了最高潮形态的样子。我刚才不仅在吵架时感受到那种美的震撼，而且在心中呼喊"啊,太美了",可是为什么没有跪拜在她的足下呢?一向优柔寡断、懦弱不堪的我,即便再激愤,也不可能对这般敬畏的女神开口就骂、动手就打。自己这样蛮横的勇气究竟从何而来呢?现在我越发感到不可思议,以至于憎恨那蛮横勇气的心情渐渐涌上了心头。

"你就是个大笨蛋!干了件无可挽回的蠢事。即便她有些缺点,能和那张脸蛋相提并论吗?那种令人震撼的美,今后再也别想见到了。"

我仿佛听到有人对我这样说。啊,是啊,我干了件蠢事。我平日那样小心翼翼地不惹她生气,却得到了这个结局,我一定是着了魔了。这种想法不知怎的渐渐占了上风。

仅仅一小时前,我还把奈绪美当作负担,那样诅咒她,现在反过来诅咒起了自己,后悔当时的轻率,为什么会这样呢?对那般憎恨的女人,又如此眷恋起来是什么缘故呢?这急剧的心理变化,连自己也无法解释,恐怕只有爱之神才能解开这个谜吧。我不知何时站起身来,在房间里来回踱步,久久思索如何才能平复这强烈的思念之情。可是绞尽脑汁也想不出什么好方法,总是不由自主地去回想往日她的美。过去五年间共同生活的每一个场景,走马灯似的浮现出来。啊,那个时候她这么说的,是那样的表情、那样的眼神,这些回忆无一不是令人留恋的东西。特别让我难以忘怀的,是奈绪美十五六岁的少女时代,每晚我让她泡在西洋浴盆里,给她洗身子的事。还有,我趴在地上给她当马骑，她骑着我在房间里，喊着"驾——驾——吁——吁——"，转来转去。

为什么连这些无聊的事，我也念念不忘呢？实在是愚蠢至极，尽管如此，如果她有一天重新回到我身边来，我要首先让她玩这个游戏。再次让她骑在我的背上，满屋子爬来爬去。这个愿望要是能够实现，我不知多么愉快呢！有时我会把这件事当作无上的幸福一般浮想联翩。不只限于单纯的空想，由于太眷恋她了，有时候我竟然不由自主地趴在地上，仿佛她会一屁股骑在我背上一般，在房间里爬来爬去。而且我还——写在这里实在是非常羞耻的事——上二楼去，找出她的旧衣服，驮在背上，两手套上她的布袜子，在房间里爬起来。

从最初开始看这个故事的读者大概会记得，我有一本题为"奈绪美的成长"的纪念帖。那是我给她洗澡的时候，详细记录了她的四肢一天天变得丰满的笔记，即作为少女的奈绪美逐渐长大成人的过程——就像专题研究一样，专门记录这些内容的一种日记。回想起我在这本日记的每一页里，都贴上了当时奈绪美的各种表情、所有姿态变化的照片。为了多少抚慰一下自己对她的思念之情，我把收藏了很长时间，已蒙上了一层灰尘的那本记录，从书箱底翻出来，一页页地翻看起来。这些写真是绝对不能给除我之外的人看的，所以是我自己冲洗出来的，大概是最后漂洗得不彻底的缘故吧，现在出现了就像雀斑那样的斑点，有的照片则更显旧了，如同古老的画像那样朦朦胧胧了，因此反而更加令人怀念，仿佛在追寻十年二十年前的陈年往事似的——重温幼年时的遥远美梦一般。

在那些照片里，将她当时喜欢穿的各式各样的衣裳和装扮，几乎没有遗漏地保留了下来，有的奇异，有的轻便，有的奢华，有的滑稽。有的页里贴着奈绪美身穿天鹅绒西服的男装写真。再翻一页是她将薄薄的棉巴里纱缠在身上，如雕像般亭亭玉立的照片。再下一页的照片是，身穿闪闪发光的绸缎短外褂，搭配绸缎和服，狭幅腰带系到胸部，丝带衬领的打扮。此外还有花样繁多的表情动作，以及模仿电影女明星的各种姿势——玛丽·皮克福特的笑脸啦，葛洛丽亚·斯旺森[1]的眼神啦，波拉·尼格丽狂野的站姿啦，贝比·丹尼尔斯[2]矫揉造作的各种神态，有愤然的、嫣然的、悚然的、恍惚的，一张张地翻看下去，只觉得她的表情和身姿简直是变化万端，她对于模仿是多么敏锐巧妙，多么聪明伶俐，实在难以用语言来描述。

"哎呀，真糟糕！我怎么把这么个尤物给赶走了。"

我的心狂跳起来，悔恨得直跺脚，手里仍继续翻看着日记，照片的花样可谓层出不穷。拍摄的方法逐渐细致起来，还给每个部位拍了特写，鼻子、眼睛、嘴唇、手指等的形状，手臂、肩部、背部、腿部的曲线，还有手腕、脚脖子、胳膊肘、膝头，连足底也拍了，宛如拍摄希腊雕像或奈良佛像那般精细。拍到

1　葛洛丽亚·斯旺森：美国女演员。

2　贝比·丹尼尔斯：美国女演员，制片，编剧。

如此程度，奈绪美的身体完全成了艺术品，在我的眼里，感觉要比奈良的佛像更完美无瑕，细看这些照片时，我心里甚至涌起了某种类似宗教的感动。啊，我究竟是出于什么考虑，拍出了如此精妙绝伦的照片呢？难道说我早已预感到了，这些照片有一天将会成为可悲的纪念吗？

我思念奈绪美的心加速推进着。天已经黑下来了，窗外星星刚开始眨眼，甚至有些微寒。可是，我从中午十一点到现在一直没有吃饭，也没有生火，连开灯的气力也没有，在渐渐昏暗下来的家中楼上楼下地上上下下，一边说着"蠢货！"，一边打自己的脑袋，冲着空房子一样寂静无声的画室墙壁，呼唤着"奈绪美、奈绪美"，最后不停地叫着她的名字，匍匐在地板上。无论如何，无论会发生什么，我也一定要把她找回来。我要无条件地跪拜在她的面前。不管她说什么，想要什么东西，我全都一一照办。

可是，奈绪美现在在做什么呢？她带着那么多行李，一定是从东京站坐汽车去的。如果是这样，到达浅草的家之后，已经过去五六个小时了。面对她娘家的人，奈绪美会把被赶出来的原因实话实说吗？还是像以往那样，编造一通谎言，蒙骗她的哥哥和姐姐呢？奈绪美最讨厌别人说她是出生在千束町的女孩子，娘家靠卑贱的营生过活。她把亲兄弟看作低能之辈，轻易不回一趟家。——在这个不和谐的一家人中间，此时在商量什么善后之策呢？哥哥和姐姐肯定会让她回来给我道歉，奈绪美肯定会说什么"我怎么能给他道歉呀。你们帮我把行李取回来吧",强硬地固执到底。然后丝毫不担心似的,若无其事地说笑,吹牛,夹杂着英语侃侃而谈,炫耀自己时髦的衣裳和用品,宛如贵族小姐探访贫民窟似的耀武扬威……

可是,无论奈绪美怎么编造,毕竟不是小事,一定会有人立刻跑来的……如果她说"我怎么能给他道歉呀"的话,哥哥或姐姐会替她来取行李吧……要不然就是奈绪美的亲兄弟对她的处境都不关心吧?正如奈绪美对他们冷淡一样,他们从来就没有对奈绪美负起过任何责任,"那孩子就交给你了",就这样把十五岁的女孩子扔给我,完全是一副随你怎样处置都可以的态度。这回他们也会放任不管,任由奈绪美自生自灭吗?既然如此,至少应该来个人把行李取回去嘛。"你现在马上滚回你家,回头叫人来取!你的东西,我都会交给他!"我已经对她这么交代了,可到现在还没有一个人来,这到底是这么回事呢?她虽然把替换的衣服和随身用品差不多都拿走了,她的"仅次于生命"那样喜欢的漂亮衣裳,还有好几套没有拿走。反正她一天也不会把自己关在那个肮脏不堪的千束町家里的,想必会每天穿着让左邻右舍大开眼界的奇装异服招摇过市吧。倘若如此,就更需要这些衣裳了,没有它们的话,她恐怕都活不下去。……

那天晚上,我左等右等也不见奈绪美的家人来。直到天完全黑下来,我也没有开灯,一直坐在黑暗里,忽然想到,万一她以为家里没人可不得了，慌忙把家里所有房间的灯都打开，又确认了一下大门的名牌有没有掉下来，然后把椅子拿到门口来，坐了好几个小时，倾听着门外的脚步声。从八点到九点、十点、十一点……也没有等来。从早晨算起，整整一天过去了，都没有任何音讯。我陷入悲观的深渊，又开始胡思乱想起来。

　　奈绪美没有派人来取行李，也说明了她可能没有太在意此事，以为过个两三天，就会一切都解决了。"不用担心，他迷恋我，没有我，一天也过不了。肯定会来接我回去的"，莫非她是这样盘算的？从她的角度来说，自知这几年来已经习惯了奢侈生活，不可能再回到那样的阶层中过日子。可是，去其他男人那里，谁都不可能像我这样把她当宝贝，让她为所欲为的。奈绪美那家伙对此心知肚明，虽然嘴上强硬，心里多半是盼着我去接她回去的。也可能明天早晨，她的哥哥或姐姐就会来调解了。他们晚上忙于做生意，早上才有空出来办事也说不定。不管怎么说，没有派人来取行李，反而说明还有一线希望。如果到了明天还是没有人来，我就去接她回家。到了这个地步，也顾不得什么面子不面子的了。哪怕被她娘家那些家伙嘲笑，哪怕被她看透我的心，我也要去一趟向她道歉，请她哥哥姐姐也帮着说好话，反反复复诉说"求你跟我回去吧"。这样一来，给足她面子，她就会得意扬扬地跟着我回家了。

　　我几乎一夜没有合眼，一直等到第二天下午六点多，还是没有一点音讯。我再也等不下去了，奔出家门，急匆匆赶往浅草。我要尽快见到她。只有看到她才能安心！——所谓陷入情网，说的就是当时的我吧。我心中除了"我想你，我想见到你"的满腔渴望之外，别无他物。

千束町的家位于花园后面的错综复杂的小路中，我到达那里是七点左右吧。毕竟感觉有些难为情，我轻轻打开格子门，站在土间[1]里，小声问道：

"那个，我是从大森来的，奈绪美回来了吗？"

"哎呀，是河合先生啊。"

她姐姐听到我的声音，从隔壁房间伸出头来，表情惊讶地说道。

"什么，你问奈绪美吗？……她没有回来呀。"

"那就奇怪了。按说不会不回来的。昨天她走的时候，说是要回娘家的。……"

二十一

最初我怀疑是奈绪美让姐姐不告诉我她回来的事，所以说了一大堆好话，请她让奈绪美跟我回去，可是，经过一再询问，

---

1 土间：日式房间里没有铺地板或榻榻米的地方。

才发觉奈绪美的确没有回娘家。

"这就奇怪了……她拿了那么多行李，按说没别的地方可去呀。……"

"什么，拿着行李？"

"篮子啦、皮包啦、包袱什么的，带走了一大堆东西呢。昨天，为了点小事，我们吵了几句，所以……"

"她就说，要回这儿来吗？"

"不是她自己要回来，是我让她回来的。我叫她马上回浅草去，让人来拿行李。……我是想，你家这边来个人，就知道是怎么回事了。"

"哦，说的也是……不过，她确实没有回家来，要是你说的那样，说不定她随后就会回来的。"

"可是，要是昨天她就出门了，可就不好说了。"

说话间，奈绪美的哥哥出来说道。

"那不如去外面找找看，你要是知道她有可能去哪儿的话。既然到现在都没有回来，很可能不会回这儿来了。"

"而且阿直好久没有回过家了，那孩子，上次回来是什么时候？……已经一两个月都没有见到她了。"

"不好意思，如果她回来了，不管她本人怎么说，都请尽快通知我。"

"好，那是当然，事到如今我们也不想再管她的事，所以，只要她一回来就立刻通知你。"

我坐在门槛上，喝着粗茶，一时不知如何是好。然而，面对听说妹妹离家出走也并不怎么担心的姐姐和哥哥，诉说我的痛苦也无济于事。于是，我再次叮嘱他们，万一她回来了，如果是白天，要第一时间给我的公司打电话。只是最近我经常缺勤，如果我不在公司的话，就马上往大森家里拍电报。在我来接她之前，千万不要让她出门。虽然再三叮嘱，我还是觉得他们这类人懵懵懂懂的办事不牢靠，以防万一，我又把公司的电话号码告诉了他们，看他们的样子，恐怕连大森家的门牌号码都不知道，便详细地写给了他们。

"下一步我该怎么办呢？她到底去哪儿了呢？"

我焦急得快要哭出来了——或许已经哭出来了，我怀着这样的心情走出千束町，漫无目的地在公园中一边闲走，一边思考。从奈绪美没有回娘家来看，事态显然比我预想的要严重。

"这么说她肯定去熊谷那儿了，逃到那家伙那儿去了。"

想到这儿，奈绪美昨天走的时候说什么"那可不行，有好些东西，我现在就要用呢"，也就顺理成章了。对呀，十有八九是这么回事。她就是打算去熊谷那儿，才带了那么多行李走的。或许二人早已商量好了，到时候就这么这么办。如果是这样，这事就相当难办了。首先我不知道熊谷家在哪里。即便能够找到他家，那家伙也不可能把奈绪美藏到他父母家里的。

那小子虽说是个纨绔子弟，但他的父亲可是个绅士，应该不会允许自己的儿子那样胡来而不闻不问吧。那小子会不会也离家出走，两个人一起躲藏在什么地方了呢？会不会拿了父母的钱四处游荡呢？假设是这样，只要知道他们在一起也行啊。这样一来，我就可以和熊谷的父母去交涉，请他们严加管教了。纵然那家伙不听父母的意见，等到钱花光了，二人生活不下去了，到头来那家伙自然会回自己家的，而奈绪美也会回到我这儿来。早晚一定是这样的结局，只是这段时间里，自己所花费的精力又怎么说呢？而且，到底是一个月能解决的呢，还是要花上两个月、三个月或半年的时间呢？要是那么长时间，可就比较麻烦了。时间拖久了，奈绪美就会乐不思蜀，难保她不会再结交第二个、第三个男人。看来这事是夜长梦多，不能不抓紧。彼此分开的时间越长，和她的纽带就会越淡薄。她正在逐渐离我远去。

等着瞧吧！你想逃开，我也不放你走！上天入地我也要把你找回来！闲时不烧香，急时抱佛脚……我虽然从来不信奉神明，此时忽然心血来潮，去拜了观音菩萨。真心诚意地祈祷菩萨："让我早日找到奈绪美的住处，明天她就回到我身边来。"然后漫然前行，一连去了两三家酒吧，喝得烂醉如泥，回到大森的家时，已是深夜十二点多了。不过，我虽然喝醉了，但脑子里始终惦记着奈绪美的事，想睡也睡不着，渐渐地酒醒了，我又想起了这件事。如何才能找到她的去处？她真的和熊谷私奔了吗？没有确凿的证据，就去那小子家交涉，是否太轻率了呢？话虽如此，如果不找私家侦探的话，又没有其他寻找的途径……这样左思右想之后，我突然想到了那个浜田。对呀，好像有个名叫浜田的人，我竟然把他给忘了，那个男人一定会帮我的。记得我在"松浅"和他分别时，留了他的住所，明天要尽快给他写信。信还是太慢，要不干脆拍电报？拍电报也太夸张了些，他家里应该有电话的，打电话让他来一趟怎么样？不行不行，还不至于让他来一趟。有这个工夫，还不如让他帮着找熊谷呢。当务之急是掌握熊谷的动静。浜田会有他的线索，应该很快就会有消息的。眼下，能够理解自己的苦恼、拯救自己脱离苦海的人，也只有他了。这或许也算是"急时抱佛脚"吧……

次日早上，我七点就起了床，跑到附近的电话亭，查找电话簿，很顺利地找到了浜田家的电话号码。

"啊，您找少爷吗？他还没有起床……"女佣来接电话。

"实在抱歉，我找他有急事，请务必叫他来接一下……"

这样一再拜托后，不一会儿，浜田睡意蒙眬地来接电话：

"你是河合先生吗？住在大森的？"

"是啊。我是大森的河合啊。一向多有打扰。今天突然这么早给你挂电话，真是抱歉，实在是事出无奈啊，是这样，那个，奈绪美离家出走了……"

说出这句"离家出走了"时，我不由得变成了哭腔。天气非常寒冷，在这酷似冬天一般的早晨，我在睡衣外面只披了一件棉外褂，就匆忙出来了，所以我握着话筒，止不住浑身打战。

"什么，奈绪美小姐吗……果不其然啊。"

浜田出乎意料地平静地说道。

"那么说，你已经知道了吗？"

"我昨夜见过她了。"

"啊？见过奈绪美？……你昨夜真的见过奈绪美吗？"

这回我浑身颤抖起来，是和刚才不一样的颤抖。由于颤抖得太厉害，门牙咔嗒碰到了话筒上。

"昨夜我去黄金国跳舞时，奈绪美小姐已经来了。虽然我没有问她，但总觉得她的样子有点异样，所以估计到是这么回事。"

"她和谁一起去的？是和熊谷一起吗？"

"不只是熊谷，还有五六个男人在一起，其中还有个洋人。"

"有洋人？……"

"是啊。而且她还穿着特别漂亮的长裙呢。"

"她离开家时，并没有带什么洋装呀……"

"反正穿的是洋装，而且是非常漂亮的长裙。"

我仿佛着了魔似的，呆若木鸡，不知该问什么好，张口结舌起来。

二十二

"喂，喂，怎么啦？河合先生……喂，喂……"

由于我一直沉默，浜田催促道。

"喂，喂……"

"哎……"

"是河合先生吗……"

"是……"

"发生什么事了？……"

"嗯……我不知道该怎么办了……"

"可您现在拿着话筒，也想不出办法来呀。"

"我也知道……可是，浜田君，我实在是一点办法也没有了。简直是一筹莫展。她走了以后，我痛苦得整夜睡不着觉……"

我为了寻求浜田的同情，以极其悲哀的口吻继续说道：

"……浜田君，除了你之外，我没有别人可求，只好来找你帮忙。我，我……无论如何也要知道奈绪美住在哪里。想搞清楚她到底是在熊谷那儿，还是在其他男人那儿。顺便我想冒昧地拜托你个事，通过你的关系帮我查找一下好不好？……我想，比起我自己去寻找，还是你更有门路，所以……"

"嗯，这个我问一下就知道。"

浜田很自然地说道。

"不过，河合先生，您估计她大概会去哪儿呢？"

"我本来认定是在熊谷那里。这话我只对你说，奈绪美还背着我和熊谷来往呢。前几天被我发现了，就离家出走了。"

"哦……"

"可还听你说过，她还和洋人等其他男人在一起，还说穿着裙子，我就完全搞不清楚了。不过，我想你见到熊谷的话，大致情况就清楚了……"

"嗯，好的。好的。"浜田打断我的絮叨，说，"那我就先问问看吧。"

"还要请你尽快问一下……可能的话，最好今天之内告诉我结果……"

"噢，是这样啊。大概今天就能知道，然后我怎么通知您呢？您现在还在大井町的公司工作吗？"

"唉，发生这个事之后，我就一直没有去上班，怕万一奈绪美回来，所以尽可能守在家里。冒昧地拜托你，打电话不太方便，最好能跟你见面说……可以吗？有消息的话，可否请你来一趟大森呢？"

"好的，没问题。反正我也没什么事做。"

"啊，太感谢了。你能帮我找的话，真是帮了大忙了！"

听到他答应帮忙，我就更急切地盼着浜田早点带来消息了，焦虑不安地追问：

"你大概几点能来呢？最迟两点或三点能知道吗？"

"我想应该差不多吧。不过，不多问一些人，恐怕是找不到这家伙的。我会走捷径去找，搞不好也要花两三天时间……"

"那也没办法。不管是明天还是后天，我都在家等着你来。"

"我知道了。详细情况，见了面再谈吧。……那么，再见吧……"

"对了，喂，喂……"

电话快要挂断时，我慌忙又叫住了浜田。

"喂，喂，……那个，还有……这个事，你看当时的情况，说不说都行，你如果能见到奈绪美，而且有说话的机会，我想请你给她带句话。……我绝对不是想要追究她的过错。我知道对于她的堕落，我也难辞其咎。因此我为自己的过错向她道歉，她提出什么条件我都接受，一切都既往不咎，务必让她回家来。要是还不愿意的话，至少回来见一面也行……"

在"什么条件我都接受"这句话后面，直说的话，应该是"即便她让我给她跪下认错，我也愿意。让我匍匐在地上磕头谢罪，我就照办。让我怎么道歉都可以。"我恨不得这样说，可毕竟说不出口。

"……我就是这样思念她，可能的话，请你把我的心情传达给她。"

"是这样啊，有机会，我一定如实告诉她。"

"还有，就是……我担心她心气那么高，很可能即便心里想回家，也耍脾气硬是不回来。要是那样，你就对她说，我现在伤心欲绝，强行把她带回来，是最好不过了……"

"我知道了，我知道了，虽然这个不能打包票，但我一定尽力而为。"

由于我请求个没完没了，浜田的语气似乎也有些厌烦了。我一连打了三个电话，直到钱包里的五钱铜币都用光了。我带着哭腔，声音颤抖地厚着脸皮说这么多话，恐怕还是有生以来头一次。可是，打完电话，我非但没有松口气，反而望眼欲穿地盼望起了浜田。虽然他说大概是今天，可如果今天不来的话，我该怎么办呢？……不对，应该说我会怎么样呢？我现在除了拼命思念奈绪美之外，没有任何事情可做。我什么也干不下去。吃饭、睡觉、外出都没有心情，一个人在家中发呆，让不相干的别人为自己奔走，等着他带来好消息，除了束手等待，别无他法。其实，没有比什么也做不了更令人苦痛的了，我还要再加上一层痛苦——对奈绪美爱得死去活来。

我虽为这份情爱备受煎熬，却将自己的命运交给他人，只能凝视着钟表的指针等待，光是想一想都让我无法忍受。哪怕是短短一分钟时间，也觉得"时间"的脚步是那样迟缓，那样漫长。这一分钟要走六十圈才是一小时，一百二十圈才是两小时，假设要等三小时，我就必须这样瞧着无聊至极、令人抓狂的秒针嘀嗒嘀嗒、嘀嗒嘀嗒地转一百八十圈！而且，如果不止三小时，要等四小时、五小时，或者半天、一天、两天、三天的话，这度日如年的苦苦思念，一定会使我发疯的。

就算再快，浜田来访也得傍晚了，我做好了精神准备。没想到打完电话四小时后，到了十二点左右，外面的门铃响起来，出乎意料地见浜田"你好"的声音时，我高兴得跳了起来，急忙跑去给他开门。然后兴奋地说：

"啊，你好。马上给你开门，门锁着呢。"

这么说着，忽然想："没想到这么快就来了，多半是顺利地见到了奈绪美。而且很快就说服了她，把她一起带回来了吧。"这么一想，就更是欣喜万分，心里怦怦直跳。

一打开门，我就四下搜寻起来，以为奈绪美跟在浜田后面呢，可是没有看到她的影子。只有浜田一个人站在门廊上。

"哎呀，刚才真是对不起啊。怎么样啊？找到她了吗？"

我立刻直通通地问道，浜田却很镇定，怜悯地望着我，非常干脆地说道：

"嗯，找到是找到了，不过……河合先生，那个女人已经无可救药了，劝您还是放弃算了。"然后摇了摇头。

"这，这，这是为什么呀？"

"为什么？根本就说不通啊……我是为您着想，才这么说的，我看您趁早把奈绪美小姐这个人忘了吧。"

"这么说，你见到奈绪美了？劝说她回来，可是根本不抱希望，是这个意思吗？"

"不是，我根本没有见到奈绪美小姐。我去了熊谷那儿，了解清楚了她的所有情况回来的。她做得实在太过分了，太让人吃惊了。"

"可是，浜田君，奈绪美现在在哪儿呢？我最想知道的是这个。"

"您问在哪儿，她并没有固定的居所，是到处借宿的。"

"她哪有那么多可以借宿的朋友啊？"

"奈绪美小姐还有很多您不知道的男友呢。只有和您吵嘴那天，她去了熊谷家。若是事先打个电话，悄悄去还好说，可是，她带了好多行李，坐着人力车，突然跑去找他，结果把全家人都惊动了，家人都不认识她，自然没有让她进门，熊谷也特别为难。"

"哦，那后来呢？"

"没办法，熊谷只好把她的行李藏在房间里，两个人就出去了。然后他们好像是去了一家龌龊的旅店，而且那个旅店就在大森您家附近，叫什么楼，就是那天早上，被您发现的那个幽会场所，这胆子也太大了吧。"

"就是说，那天她又去那儿了？"

"是的，他是这么说的。熊谷很得意的样子，眉飞色舞的，我听着很不愉快。"

"那么那天晚上，他们就住在那儿了？"

"倒也没有。他说在那里待到傍晚，然后一起去银座散步，在尾张町的十字路口分了手。"

"这可就奇怪了。熊谷那小子，会不会在撒谎呢……"

"您先听我说。分手时，熊谷有些可怜她，就问'今晚你住哪儿呢'，她说'住的地方有的是。我现在去横滨'，丝毫没有一点发愁的样子。和熊谷分手后，她就朝着新桥方向快步走去了。"

"横滨，谁的家在那儿呢？"

"这正是叫人费解之处啊。就算奈绪美小姐认识的人多，也不会在横滨有熟人呀。她大概是嘴上那么说说，回大森家去了吧，熊谷这样猜想。谁知第二天傍晚，接到了奈绪美打来的电话：'我在黄金国等着你，马上过来好吗。'他去了一看，奈绪美小姐穿着鲜艳的长裙，手拿孔雀羽毛扇，戴着项链、手镯等等，珠光宝气的，被好几个男人环绕着，其中还有洋人，和他们谈笑风生的。"

听了浜田一席话，我感觉仿佛打开了魔法箱，令人大惊失色的事实一个接一个跳出来了。换句话说，奈绪美最初那天晚上，是去了洋人处留宿的，那个洋人名叫威廉·马卡内尔，就是我第一次和奈绪美去黄金国跳舞时，也不做自我介绍，就到我们跟前来，非要跟奈绪美跳舞的那个厚脸皮男人，他脸上抹了厚厚的白粉，娘气十足的。更让我吃惊的是——熊谷对浜田说，奈绪美那晚去那个洋人家过夜之前，和那个叫马卡内尔的男人，并不是很亲密的关系。不过，奈绪美似乎以前对那个男的就很有好感。他的相貌很招女人喜欢，举止像个风度翩翩的艺人，不但在跳舞的人们中素有"色鬼洋人"之称，连奈绪美自己也说过"那个洋人的侧脸很帅啊，你不觉得有点像约翰·巴里吗"——约翰·巴里是美国演员，就是经常出现在电影里的约翰·巴里摩尔[1]。——所以，奈绪美肯定早就喜欢上他了，可能还频频送过秋波呢。而马卡内尔也觉得"这个女人对自己有意"，跟她调过情也未可知。由此可见，他们算不上是朋友，奈绪美只凭这么一点点接触，就跑去找他了。见到奈绪美这个不速之客后，在马卡内尔看来，简直就是一只可爱的小鸟自投罗网，"你今晚就别走了，住在我家吧。""好啊，住下也行啊。"……

1　约翰·巴里摩尔：美国著名戏剧和电影演员。

217

"不管怎么说，我还是无法相信啊。第一次去一个男人家，当天晚上居然就留下过夜。……"

　　"不过，河合先生，奈绪美小姐对这类事根本不以为然的。连马卡内尔都觉得有些不可思议，昨夜还问过熊谷'这位小姐到底是什么人啊？'"

　　"让不知根底的女人在家里过夜，他自己也不像话。"

　　"不但留她过夜，还给她买裙子、手镯和项链，花了不少钱呢。再说了，只是一个晚上，两人就已经如胶似漆了，奈绪美小姐口口声声管那个家伙叫什么'威利、威利'呢。"

　　"那么说，洋装和项链，都是让那个男的给她买的了？"

　　"听熊谷说，有的是让洋人买的，有的可能是洋人借女朋友的衣裳来应付的，洋人都是这样。恐怕是奈绪美小姐先跟他撒娇说'我想穿洋装'，男人禁不住她纠缠，只好满足了她的要求，讨她欢心吧。那洋装好像不是买现成的，非常合身，鞋也是法式细高跟鞋，底面都是漆皮的，鞋尖上镶嵌着细碎宝石璀璨夺目，大概是人造钻石吧。昨夜的奈绪美小姐，穿戴得就像童话故事里的灰姑娘呢。"

　　我听浜田这么一说，不禁想象起了奈绪美打扮成灰姑娘的模样该多么美丽啊，我的心不由自主地狂跳起来，紧接着，又有一股说不清是下贱的、羞愧的，还是悔恨的、厌恶的心情涌了上来。换作熊谷，我还可以忍受，可她竟然跑到一无所知的洋人家去，还觍着脸住了一夜，让对方置办衣裳，她这些所为，难道是昨天还有丈夫的女人应有的吗？那个和我生活多年的奈绪美，原来是这样一个肮脏的娼妇般的女人吗？莫非我至今都没有看清她的本来面目，一直做着愚不可及的美梦吗？啊，浜田说的没错，无论我怎样对她恋恋不舍，也必须对那个女人彻底死心了。我的脸已经被她丢尽了，作为男人实在没脸见人。

"浜田君，别怪我啰唆，我想再确认一次，今天你跟我说的这些情况全都是真的吗？不但熊谷可以证明，你也可以证明吗？"

浜田看到我眼泪汪汪的，同情地点了点头，说：

"您这么一说，我很理解您的心情，更觉得说不出口了，其实，昨晚我也在那里，所以熊谷说的基本上属实。除此之外，还有一些事，您听了就会相信了，不过，还是请您不要再问下去了，请相信我好吗？相信我绝不会故弄玄虚、夸大事实的……"

"啊，谢谢你了。知道这些就足够了，已经没必要再了解什么了……"

不知怎么，说到这儿，我再也说不下去了，眼泪大颗大颗地落了下来。"这可不行"，我突然紧紧抱住浜田，把脸埋在了他的肩上。然后哇的一声号啕大哭，声嘶力竭地叫喊起来。

"浜田君！我，我……我要彻底忘掉那个女人！"

"您说得对！您说得太对了！"

浜田好像也受到我的感染，声音变得沙哑起来。

"说实话，我今天来就是想告诉您，对奈绪美小姐已经不值得留恋了。不过，她那种女人，说不准什么时候，又会若无其事地出现在您面前的，因为现在，没有一个人是真心和奈绪美小姐交往。用熊谷之流的话说，大家只不过把她当作一个玩物，甚至还给她起了个说不出口的下流绰号呢。到目前为止，在您一无所知的时候，她不知让您蒙了多少羞呢！……"

曾经和我一样疯狂迷恋过奈绪美的浜田，而且也和我一样被她抛弃了的浜田——这个少年充满悲愤的、发自肺腑为我着想的字字句句，都起到了如同锐利的手术刀剜去腐肉般的效果。"大家只不过把她当作一个玩物，甚至还给她起了个说不出口的下流绰号呢"——这句可怕无比的实话，反倒使我心情爽快了，仿佛疟疾治好了那样，顿时感到浑身松快，连眼泪都止住了。

二十三

"怎么样，河合先生，别整天躲在家里，要不出去走走，散散心吧？"

两天来，我没有漱口，也没有刮胡子，在浜田的邀请下，我有了点精神，就让他等我一下。刮了胡子、洗了脸之后，我感觉清爽多了，便和浜田一起走出了家门，这时已经是午后两点半左右了。

"这种时候，应该去郊外散步。"

浜田提议，我也表示赞成。

"那咱们就往这边走吧。"

他说着，便朝池上方向迈开了步子，忽然，我心生厌恶，停下了脚步。

"啊，不行，那个方向不吉利。"

"是吗，为什么呀？"

"因为刚才说过的那家曙楼，就在那个方向。"

"啊，那是不行！那咱们怎么走呢？要不然就一直走到海滨，去川崎那边怎么样？"

"好吧。那边是最安全的。"

于是浜田向后转了个身，朝着相反方向的车站走去。仔细一想，那个方向也并不保险。假如奈绪美还去曙楼约会的话，搞不好这个时候恰好和熊谷一起出来，而且不能排除会和那个洋人在京滨之间往返。总而言之，国营电车站是万万不可去的。

"今天真是给你添麻烦了。"

我随口说道，率先拐过胡同，穿过了田间小路的岔道口。

"哪里，这不算什么。我就知道迟早有这么一天。"

"嗯，你是不是觉得，我这个人特别好笑啊？"

"其实，有一阵子我也很好笑，所以没有资格嘲笑您。我只是在自己的狂热冷静下来之后，非常同情您。"

"可是，你还年轻，像我这样已经三十好几了，却遇到这么倒霉的事，简直太丢面子了。要不是你提醒我，还不知要糊涂到什么时候呢……"

走到田地里时，晚秋的天空仿佛在抚慰我似的，天高云淡，非常清爽，只是呼呼刮着风，吹得哭肿的眼睛四周生疼。只见远远的铁道那边，我觉得不吉利的国营电车，正从田野中哐当哐当驶过。

"浜田君，你吃过午饭了吗？"默默地走了一会儿，我问道。

"还没吃呢，您吃了吗？"

"我从前天到现在，只喝酒，没怎么吃饭，所以现在感觉肚子特别饿。"

"那还能不饿吗？您千万不可这样任性，会把身体搞坏的。"

"不要紧的。多亏了你，我已经想明白了，不会再做那种蠢事了。我从明天开始就要重新振作起来，并且要去公司上班了。"

"是啊，去上班可以转移注意力。我失恋的时候，也是为了忘掉烦恼，一天到晚地玩音乐。"

"会音乐的话，在这种时候可以排解一下。我不会玩这些，只能埋头在工作上。……既然咱们肚子都饿了，干脆找个地方吃饭吧。"

两个人这样一路聊着，一直走到了六乡，然后，走进了川崎街上的一家牛肉店，围着咕嘟咕嘟冒热气的火锅，又像在"松浅"时那样，开始喝酒。

"来，再喝一杯。"

"不行了，空腹喝这么多酒，可不行啊。"

"喝点怕什么，今晚我摆脱了厄运，所以要举杯庆祝一下。我从明天开始就戒酒了，不过，今天晚上要喝个一醉方休。

"是真的吗？那我祝您身体健康！"

浜田的脸红彤彤的，满脸的粉刺宛如煮开的牛肉般开始发光。我也有些醉了，心里百感交集，说不清是悲伤还是喜悦。

"那个，浜田君，我有句话想问问你。"

我找了个时机，凑近他问：

"你说的奈绪美被起了个下流的绰号，到底是什么呀？"

"这个不能说，因为实在太下流了。"

"下流也没有关系嘛。我和那个女人也没关系了，你何必这么顾虑呢？到底是什么，快点告诉我吧。知道了是什么，我反而更痛快呢。"

"您可能会觉得痛快，可是，对我来说毕竟难以启齿，请不要再追问了。反正就是个下流的绰号，想象得出来。不过，这个绰号的由来，我倒是可以告诉您。"

"那就说来听听吧。"

"可是，河合先生，……还是不行啊。"浜田挠着脑袋说，"这个事也还是说不出口啊，您听了以后，心情肯定好不了。"

"没事没事，不用担心，你就说吧！我现在完全是出于好奇心，想知道那个女人的秘密呀。"

"那么，我就告诉您一点她的秘密吧……您认为今年夏天，在镰仓的时候，奈绪美小姐到底有几个男人呢？"

"据我所知，只有你和熊谷，难道说还有其他人吗？"

"河合先生，您可不要太吃惊啊，其实，关和中村也和她约会过。"

我虽然醉得迷迷糊糊的，仍感到身体仿佛触电一样战栗起来，一把抓起眼前的酒杯，咕嘟咕嘟喝了五六杯之后，才开口说话。

"就是说，当时那些混蛋，没有一个是干净的了？……"

"就是啊，您知道他们是在什么地方跟奈绪美约会的？"

"是那个大久保的别墅吗？"

"是您租借的那个花匠的厢房呀。"

"哦——"

我仿佛窒息了一般说不出话来，好容易才咕哝出一句：

"噢，是吗，还真是想不到啊。"

"所以那时候，最为难的人，恐怕是花匠的老婆吧。由于和熊谷家的关系，她不好叫那些家伙出去，可是，各种男人频繁出入，自己的家变成淫窝一般，在左邻右舍面前很丢面子，而且万一被您知道了可不是小事，她整天提心吊胆的。"

"哈哈，怪不得呢，有一次我向她了解奈绪美的事，太太显得特别惊慌，好像在害怕什么的样子，原来是这么回事啊。大森的家成了和你幽会之所，花匠的厢房成了淫窝，我却一直蒙在鼓里。天哪，这简直是奇耻大辱啊！"

"啊，河合先生，大森的事就不要再提了吧！您一提起，我就要向您道歉。"

"哈哈哈哈，不用道歉了，一切都过去了，有什么可忌讳的呀。不过，一想到被奈绪美那家伙玩得团团转，我反倒觉得也挺痛快的。手段太高超了，佩服得没话说。"

"这就像相扑比赛那些招数一样，被对手一个大背跨，给摔在地上了。"

"同感，同感，你说得太对了。……如此看来，那些家伙难道都被奈绪美给哄骗了，互相并不知道吗？"

"哪里，都知道的，有时候搞不好，两个男人会撞到一起呢。"

"不会打起来吗？"

"那些家伙相互间有默契，是把奈绪美小姐作为大家伙的东西共享的。所以后来给她起了那个下流的绰号，暗地里，大家都用那个绰号称呼她的。您不知道这些，反而是一种幸福。我总觉得这样下去太龌龊了，试图把奈绪美小姐从这些人手里拯救出来，可是我一劝说她，她就火冒三丈，反而瞧不起我了，真是不可救药。"

浜田也许是回想起了当时的情景，语调伤感起来。

"河合先生，我上次在'松浅'见到您时，不曾对您说过这些吧。……"

"那时你说过，最能操控奈绪美的人是熊谷……"

"是的，我那时候是那么说过。这不是我信口瞎说的，奈绪美小姐和熊谷都秉性粗野，也许是臭味相投吧，二人一直是最亲密的。所以熊谷是几个人中的老大。我推测所有坏事都是那小子教唆的，才那么对您说的，不过当时，我对您还不能说得太多。因为那个时候，我还希望您不要抛弃奈绪美小姐，尽可能往好的方面引导她呢。"

"可是我非但没有引导她，反而被她拖着走了……"

"只要跟奈绪美小姐沾上了边，不管什么样的男人都会变成这样的。"

"那个女人身上有种不可思议的魔力啊。"

"她身上确实有种魔力啊！我也感受到了，终于明白不能和她亲近，只要一亲近，自己就危险了。……"

奈绪美、奈绪美……我们说话间不知重复多少遍这个名字。二人把这个名字当下酒菜，喝着酒。仿佛这个顺嘴的发音，是比牛肉更好吃的食物似的，用舌头咂吧滋味，用唾液咀嚼着。

"也不算坏啊，这辈子有幸让那样的女人欺骗一次。"

我无比感慨地这样说道。

"那是当然了！不管怎么说，多亏了她，我才尝到了初恋的滋味啊。即便让我做了个很短暂的美梦，这么一想，也值得感谢她呢。"

"可是，以后会怎么样呢？那个女人的下场？"

"不知道，以后只会不断地堕落下去吧。用熊谷的话说，'她不可能在马卡内尔家住久的，所以过两三天，又会换到别处去吧。我家里也有她的行李，说不定会来找我'，看来奈绪美小姐没有自己的家了？"

"她家是浅草开铭酒屋[1]的……我觉得她可怜，从来没有对别人说过。"

"原来是这样啊。一个人的出身真是宿命难逃啊。"

"奈绪美说，她家的祖辈是旗本[2]武士，她出生在下二番町

1　铭酒屋：明治时代是兼营卖淫的酒馆。
2　旗本：俸禄不满一万石的江户幕府时期的武士，为德川军的直属家臣，拥有自己的军队。

的高宅大院里。'奈绪美'这个名字就是祖母给她起的。据她说，这位祖母是在鹿鸣馆[1]时代跳过舞的很时髦的女人，也不知她的话哪句是真的。反正都要怪她的家庭不好，事到如今，我深以为然。"

"听您这么一说，就更可怕了。奈绪美小姐身上天生流着淫荡的血，所以才会是那样的命运吧。她有幸被您抚养，还是不知珍惜……"

我们在那里聊了三小时，走出店门时已经是晚上七点多了，还是觉得有说不完的话。

"浜田君，你是坐国营回去吗？"

走在川崎的街道上，我问他。

"是啊，现在走着回去，可够远的……"

"可不是吗，我坐京滨线，她要是住在横滨，坐国营电车似乎比较危险。"

"那我也坐京滨线吧。……不过，早晚有一天会碰上奈绪美小姐的，像她那样四处乱跑，防不胜防啊。"

"要是这样，还真不能随便出门乱走了。"

"她肯定常常出入舞场，所以银座一带是最危险的区域。"

"大森也未必不是危险区域，有横滨，有花月园，还有那

1　鹿鸣馆：明治政府所设的社交场，外国使臣、华族、政界要人等经常在此举行舞会，是当时欧化主义的象征性存在。

个曙楼……搞不好，我得搬出那个家，去过寄宿生活呢。我现在不想看到她，等气消了再说。"

浜田和我一道坐京滨线回去，我在大森下车，和他分了手。

二十四

正当我因孤独与失恋陷入痛苦之中的时候，又发生了一件令我悲伤的事，那就是，乡下的老母亲因脑出血突然去世了。

事情发生在跟浜田见面的翌日早上，我在公司里接到这个消息后，当即直奔上野站，于日暮时分回到了老家。可是，此时母亲已经失去了意识，看到我也不认识了，过了两三个小时之后，就咽了气。

我自幼丧父，是母亲一手把我拉扯大，对我来说，这是初次体会到"失去亲人的悲伤"。更何况，母亲和我的感情远远超乎一般的母子关系。回顾往事，在我的记忆中，自己从未反抗过母亲，或是被母亲训斥过。一是因为我尊敬母亲，更因为母亲对子女非常体贴、非常慈爱的缘故。一般来说，儿子渐渐长大，离开乡下，去大都市后，父母总是会担心孩子，或是对孩子的行为产生疑心，甚至因此而变得疏远了，而我的母亲，自从我去了东京以后，仍一如既往地相信我，理解我的心情，处处为我着想。我下面只有两个妹妹，让长子离开身边，作为母亲肯定备感寂寞与孤单，但是，母亲从来没有抱怨过，总是期盼我事业有成。因此我远离家乡后，比在她的膝下时，更加强烈地感受到母亲的慈爱是多么深厚。尤其是和奈绪美结婚前后，以及后来我提出的一连串任性要求，母亲一向都很痛快地答应。每次收到母亲回信，我都被母亲的温情感动得泪流满面。

如今母亲就这么突然地离我而去了，使我备受打击，为母亲守灵时，我心神恍惚，如在梦境。就在昨天，我还为奈绪美的狐媚而魂不守舍，而此刻我跪在佛前，给母亲上香，这两个"我"的世界，简直风马牛不相及。当我终日以泪洗面，沉浸在哀叹、悲伤、惊愕之中时，我反躬自省，不知从哪里传来了这样的声音："昨天的我是真实的我，还是今日的我是真实的我呢？"又从另一个方向发出了这样的低语："你母亲之死，并非偶然。母亲是在告诫你、晓谕你呢。"因此，我更加怀念母亲生前的音容笑貌，后悔自己做了对不起母亲的事，悔恨的眼泪不停地涌出来，怎么也控制不住。当着别人这样哭个不停，实在难为情，我便悄悄地爬上后山，俯瞰着充满了少年时代回忆的森林、小路和田园景色。我任凭泪水流淌，在那里久久地哭泣。

不言而喻，这巨大的哀伤使我得到了净化，变得清澈了，一直堆积在心灵和肉体中的不洁因子，都被洗刷干净了。倘若没有这悲伤，此时我或许还不能忘掉那淫妇，还在为失恋的打击而苦恼呢。想到此，母亲的死并不是没有意义的。至少我不应该让母亲的死没有意义。那时我想，自己已经厌倦了都市里的空气，虽说要成就事业，可是去东京后，一味地沉溺于轻佻浮华的生活中，何谈成就，何谈事业！可见像自己这样的乡下人，到头来还是最适合生活在乡下。我甚至产生了这样的念头，自己应该回到故乡，亲近故乡的土地。守护着母亲的墓，与村民为伴，做个像祖辈一样的农民。但是，叔父、妹妹和亲戚们认为："你也太心血来潮了，你现在这样失落可以理解，即便再悲伤，一个大男人，也不能因为母亲死了，就断送自己的未来嘛。人都会因为父母去世而灰心丧气，但时间长了，悲伤就会渐渐淡薄下来的。所以说，你想回乡下来不是不可以，只是要仔细考虑好了再做决定。首先，突然辞职不干了，对公司也不太好吧。"我真想对他们说："其实不光是因为伤心，我还没有对你们说呢，我的老婆已经跟人家跑了……"话已经到了嘴边，我还是咽了回去。一是觉得在大家面前丢面子，加上正在办丧事，实在说不出口。至于奈绪美怎么没有跟我回来，我以她生病了为托词，糊弄了过去。做完头七的法事后，后面的诸多事情，我就委托给了替我管理财产的叔父叔母，暂且听从大家的劝告，先回了东京。

可是，去公司上班，我也提不起兴致。而且我在公司里的评价也不如以前了。我曾经因勤奋努力、品行方正而获得"君子"的绰号，但也因为奈绪美的事，我的名誉被抹了黑，失去了上司和同僚的信任。更有甚者，对于母亲的去世，也有人讽刺说，我是想以此为借口请假。这些事情令我越来越反感上班了。二七法事那天，我回乡下住了一晚，对叔父说了句"我可能很快就会辞职的"。叔父说"是吗，是吗"，并没怎么理会。第二天开始，我又不情愿地去公司了。在公司里的时候还好过些，可是从傍晚到夜里这段时间，对我来说实在难熬。到底是回乡下，还是断然留在东京，我迟迟下不了决心，所以仍然独自住在大森空荡荡的家里，没有找地方寄宿。

下班后，我还是不想遇到奈绪美，总是躲开热闹的场所，坐京滨电车直接回大森。然后在附近餐馆吃点套餐，或是荞麦面条、手擀面等等，凑合着吃了晚饭之后，便没什么事情可做了。没办法，只好上二楼寝室去睡觉，可是很少能够马上入睡的，两个小时或三个小时睁着眼睛躺着。所谓寝室，就是那个阁楼房间，那里现在还放着奈绪美的行李，过去五年来的随性、放浪、纵情的气味，已经渗进了墙壁和柱子里。那气味也就是她身上的气味，懒惰的奈绪美，衣服脏了也从来不洗，团起来随便一塞，所以这些难闻的气味一直弥漫在不通风的室内。我实在忍受不了，就睡在画室的沙发上，可是在那里同样也睡不着。

母亲去世三个星期后，一进入那年的十二月，我终于决定辞职了。因公司的需要，说好干到当年年底。不过，这事我事先没有跟任何人商量，独自决定的，所以老家那边还不知道。反正只要再忍耐一个月，就可以解脱了，我的心情总算多少平静下来了，也不那么无所事事了，有空时，要么读书，要么散步，但也不曾靠近过危险区域。一天晚上，因为实在无聊，我朝着品川方向信步走去。为了打发时间，忽然想去看一场松之助的电影，就走进了电影院，上映的是劳埃德[1]的喜剧，年轻的美国女演员们一出现，我还是会胡思乱想，不能自已。"以后不能看西洋电影了。"我当时心里想。

那是十二月中旬的一个星期日的早晨。我躺在二楼时（那时，在画室睡觉越来越冷了，我又搬回了阁楼），听到楼下有窸窸窣窣的响声，好像有人来。奇怪啊，大门是锁着的呀——我正琢磨时，响起了熟悉的脚步声，有人咯噔咯噔地上楼来了，我还没来得及吃惊，就听到了一声甜美的招呼声：

"你好啊。"

随之眼前的门突然打开了，奈绪美站在了我眼前。

"你好啊。"

她又问候了一遍，若无其事地瞧着我。

"你干什么来了？"

我仍然躺在床上没起来，平静而冷淡地对她发话，其实心里十分吃惊，不料她居然这么恬不知耻地跑来了。

1　哈罗德·劳埃德：美国男演员，导演，电影制片人。与卓别林、巴斯特·基顿和兰登齐名的美国无声喜剧片的四大巨星之一。

"你问我？……来取行李呀。"

"取行李当然可以，问题是，你是从哪儿进来的呢？"

"从大门。……我有大门的钥匙呀。"

"那走的时候把钥匙留下吧。"

"好的。"

然后，我翻了个身，背朝着她不再说话了。她在我枕边，嗽里咔嚓地收拾了一会儿东西，然后，听到解开腰带的声音，我一看，她正在角落里，而且是我的视野所及之处换衣服呢。刚才她进来的时候，我已经注意到了她的衣着，是一件我没见过的铭仙绸料和服，可能每天都穿这件衣服吧，领子上有污垢，膝盖处鼓着，已经变得软塌塌、皱巴巴的了。她解开腰带后，脱下那件脏兮兮的铭仙和服，身上只剩下一件同样脏的薄呢长衬衣。然后，拿起刚刚新找出来的金纱绉绸长衬衣，飘然往头上一套，然后扭动身子，把里面那件长衬衣像金蝉蜕皮似的脱在了榻榻米上。随后，在长衬衣外面穿上一件她喜欢的衣服之一——龟甲飞白大岛茧绸，紧紧系上红白相间的方格窄腰带。我以为下面她要系宽腰带呢，谁知她转过身来，蹲在那里换起了布袜子。

她的赤脚对我是最有诱惑力的，所以我尽可能不往她那边看，可还是忍不住要偷看几眼。她当然也是有意识这么做的，故意把脚丫子像鱼鳍似的摆来摆去，还不时偷窥我的眼神。换完衣服后，她把脱下来的衣物飞快收拾了一下，说了句：

"再见啦。"

然后拽着大包袱往门口走去。

"喂，把钥匙留下再走。"

这时，我才第一次开口。

"啊，对了，对了，"她说着，从手提包里拿出钥匙，"我就放在这儿了啊。……不过，行李我一次拿不完，所以可能还得来拿一次呢。"

"你不来拿也可以，我会给你浅草的家送去的。"

"送到浅草可不行，有点不方便……"

"那么给你送到什么地方合适呢？"

"什么地方，我还定不下来……"

"这个月内，你如果不来取的话，我就都给你送到浅草去……你的东西不能总放在我这儿呀。"

"好的，马上就来取。"

"还有，话说在前头，你让别人来，你自己不要来取。让他雇个车来，把你的行李一次都拿走。"

"是吗？……好吧，我会的。"

然后，她就走了。

我觉得终于可以安心了，没想到，过了两三天，晚上九点来钟，我在画室看晚报时，又听到咔嗒一声，有人把钥匙插进了大门的锁眼里。

二十五

"谁？"

"是我呀。"

话音未落，门就咔嗒一声打开了，一个黑色的大熊那样的物体，从门外暗处闯进屋里来了。它猛地脱掉黑色东西，露出了狐狸般雪白的肩头和胳膊，原来是一个穿着淡蓝色法式绉绸长裙的、陌生的年轻洋女人。肉感的脖颈上戴着闪烁着彩虹色光芒的水晶项链，压得低低的黑天鹅绒帽子下面，露出煞白的鼻尖和下巴，给人以神秘感，红艳艳的嘴唇分外扎眼。

"晚上好啊。"

只听对方说道，那洋人摘下帽子时，我觉得诧异："这女人是谁？……"然后仔细端详她的脸，这才慢慢看出她是奈绪美。我这么说，似乎有些匪夷所思，事实上，奈绪美的样子就是变化这么大。倘若只是穿戴不同，再怎么改变，我也不至于认错的，让我没认出来的是她的面孔。也不知施了什么魔法，她的脸完全变了一个人，从肤色到眼睛的表情，再到整个轮廓，全都改变了。要是没听到她说话，即使摘了帽子，我也许还以为她是不认识的洋人呢。其次就是前面我也说过的，她的肤色白得出奇。露在洋装外面的丰满肉体，每个部分都如同苹果肉一般雪白。奈绪美在日本女人中也不算黑，不过，也不应该有这么白。看她那一直裸露到肩膀的两臂，让人难以置信是日本人的胳膊。记得有一次在帝国剧院看轻歌剧时，我对年轻的欧洲女演员的雪白胳膊看得出了神，就像是那样的胳膊，甚至感觉比她们还要白皙似的。

奈绪美晃动着那天蓝色的柔软衣裙和项链，迈着人造钻石装饰的漆皮高跟鞋，咯噔咯噔地走过来。啊，这就是前几天浜田说的那双灰姑娘鞋吧，我当时心里暗想。她一只手叉着腰，得意扬扬地扭着身子，突然矫揉造作地，径直走到茫然无措的我跟前。

"让治，我来取行李呀。"

"我不是说了，你不来取也可以，让别人来吗？"

"可是，我没有可以求助的人啊。"

说话的时候，奈绪美始终动个不停。她面无表情，装模作样的，一会儿两脚啪的一碰，站直身子，一会儿迈出一只脚，或者用脚后跟咯噔踩一下地板，每次都变换手的位置，耸起肩，全身的肌肉紧绷成铁丝一般，让每个部分都启动运动神经。于是我的视觉神经也不能不跟着紧张起来，她的一举手、一投足，其全身上下的每一寸，我都仔仔细细地观瞧。我细细打量她的脸，发现难怪会认不出来，她把发际的头发都剪短了两三寸左右，每一根发梢都齐刷刷的，就像中国少女的头发那样，如门帘似的垂在额头上。将其余的头发束起来，平平圆圆地从头顶一直覆盖到耳朵上，宛如一顶大黑天[1]帽子一样。这是她从未梳过的发式，毫无疑问，面部轮廓完全变样就是因此之故。再

---

1 大黑天：佛教的护法神。

仔细一看，眉毛也和以往全然不同。她的眉毛天生又黑又粗，可是今夜变成了细长而淡淡的弧形，那弯弯的弧形周边刮得发青。这是修眉修出来的效果，我一眼就能识破。让我搞不明白的，是她的眼睛、嘴唇和肤色不知施了什么魔法。眼珠变得这般酷似洋人，虽说和眉毛的改变有关系，可似乎还做了其他什么手脚。秘密好像隐藏在眼睑和睫毛里，我这么猜想，却搞不清楚那到底是一种什么伎俩。嘴唇也是怪怪的，上唇正中间，宛如樱花花瓣那样，格外清晰地分为两瓣，而且那种红色，是与涂普通的口红不一样的、十分艳丽的自然光泽。至于皮肤的白皙，无论怎样细看，似乎也是本来的皮肤，没有擦了白粉的痕迹。而且不光是脸白，就连肩膀、手臂、手指，也都那么白，倘若她是涂了白粉的话，得全身都涂抹才行。总之，这个让人百思不解的谜一样妖冶的少女——与其说她是奈绪美，不如说像是奈绪美的灵魂，在某种作用下变成了一个具有理想之美的幽灵，我甚至产生了这样的感觉。

"那么，我去二楼取行李，可以吧？……"

奈绪美的幽灵这样说，听声音仍然是那个熟悉的奈绪美，肯定不是幽灵。

"嗯，可以……可以是可以，不过……"

我有些心慌意乱，亢奋地回答，"……你是怎么打开大门的？"

"怎么打开的，用钥匙打开的呀。"

"钥匙，上次你不是留下了吗？"

"钥匙，我有好多把呢。不止一把呀。"

此时，她的红唇才突然浮出微笑，眼神露出媚态，又像是嘲讽。

"我现在可以告诉你了，我配了好多把大门钥匙，所以被你收回一把也不碍事。"

"可是我不行呀。你这样三天两头地跑来，谁受得了呀。"

"你就放心吧，等我把行李都拿走了，你就是叫我来，我还不来呢。"

然后她用脚后跟一个转身，噔噔噔地走上楼梯，跑进阁楼房间去了。

然后到底过了几分钟呢？我靠在画室的沙发上，呆呆地等着她从二楼下来……好像是不到五分钟，也可能是半个小时、一个小时左右？……我实在说不清楚这段时间的"时长"。在我胸中，只有今夜奈绪美的模样，犹如听了一曲美妙的音乐那样，变成恍惚的快感萦绕不去。那支歌曲非常高亢，非常纯净，仿佛是从世外圣境传来的女高音。到了这个境地，已没有了情欲，也没有爱恋，我内心感受到的，是与这种感觉最最无缘的虚无缥缈的陶醉。我反复思忖，今夜的奈绪美，与那个无耻的淫妇奈绪美，与那个被多个男人起了下流绰号的娼妇无异的奈绪美，是很难画等号的。像我这样的男人，只配跪拜在她的面前，她就是这般尊贵无比令人神往的女人。她那雪白的手指，哪怕稍微触碰我一下，我必将浑身战栗，而不只是喜悦了。

我不知该怎样形容自己的心情，才能让读者了解。——打个比方吧，乡下的父亲来到东京，一天，偶然在街头遇见了幼年时离家出走的亲生女儿。现在女儿已经变成了地地道道的都市女人，见到这个土气的乡下人，也没看出是自己的父亲，而父亲虽然认出了女儿，可是由于身份悬殊，不好意思走近她，"难道她就是自己的女儿吗？"他深为吃惊，羞愧之余悄然走掉了。——我此时的感受就好比那位父亲当时感受到的既寂寞又庆幸的心情。再打个比方吧，一个被未婚妻抛弃的男人，在五年或十年之后，有一天，他站在横滨的码头上时，一艘商船到了港，一群群回国者陆续下了船。他出乎意料地在这些人中发现了她。即便猜到她是留洋回来的，男人也没有勇气跟她见面。自己依然如故，还是一介穷书生，而那个女人身上早已看不到少女时代的粗俗影子，蜕变成了巴黎、纽约的奢华生活熏陶出来的洋气女人，二人之间已是云泥之差。——我此时的心情，就好比那个书生的感受那样：自叹不如，蔑视被她抛弃的自己，将意想不到的她的成功，当作自己的事一样高兴。

　　即便我举了这么两个比喻，恐怕仍旧无法表述清楚，勉强可以这样比喻吧。总而言之，以前的奈绪美的肉体里，渗透着怎样也抹不掉的过去的污点。然而，看到今夜的奈绪美，这些污点都被她那天使般纯白的皮肤掩盖了，就连回忆都觉得不齿的这个女人，此时竟然颠倒过来，即便碰一下她的指尖，仿佛都在玷污她似的。我到底是不是在做梦呢？不是做梦的话，奈绪美究竟是在哪里学来了这套魔法，掌握了妖术的呢？两三天前，她还穿着脏兮兮的铭仙绸呢⋯⋯

她再次迈着咚咚咚的步子从楼梯上下来了，那双人造钻石的皮鞋尖停在了我的眼前。

"让治，两三天内我还会来的。"

她对我说。⋯⋯她就站在我眼前，但彼此保持三尺的距离，连轻飘飘的衣裙也没有碰到我⋯⋯

"今晚我只来拿两三本书。我一次哪儿背得动那么大的行李呀，又是这副打扮。"

我的鼻子此时捕捉到了一股在哪儿闻到过的淡淡香气。啊，这香味⋯⋯令人想象大海彼岸的国家，以及那些无比美妙的异国花园⋯⋯这是以前教授舞蹈的舒勒姆斯卡娅伯爵夫人⋯⋯是那个女人肌肤里散发出的气味。原来，奈绪美使用的是和她一样的香水。

不管奈绪美说什么，我只是一味地"嗯嗯"地点头。她的身姿再次消失在夜幕之中后，我仍然像追逐梦幻一般，以敏锐的嗅觉追逐着房间里渐渐散去的气味。⋯⋯

二十六

诸位读者，通过以上所述，您大概已经猜到我和奈绪美不久将会重归于好——此乃顺理成章之事，并非多么不可思议。最后的结果，虽然确如诸位预想的那样，但过程出乎意料地不顺利，我屡屡上当受骗，颇费了一番周折。

我和奈绪美，从那以后就说话很随便了。之所以会变得这样，是因为次日晚上、第三天晚上，几乎每天晚上，奈绪美都来拿些东西。一来就上二楼去，打个包裹下楼来，而且都是用绉绸方巾包的一点零碎东西。

"今夜来拿了些什么东西？"我这样问她。

"这个包裹吗？只是点无关紧要的东西。"她含糊其词地回答。

"我口渴了，能不能请我喝杯茶呀？"

奈绪美说着，在我身旁坐下，聊上二三十分钟才走。

"你是不是住在这儿附近啊？"

一天晚上，我和她对坐在桌前，喝着红茶时问道。

"为什么问这个呢？"

"问问也没什么不可以吧。"

"可是，为什么呢？……问这个想干什么呢？"

"倒也没想干什么，只是有些好奇，想问问而已。……你到底住在哪儿呀？告诉我怕什么呀。"

"不告诉你。"

"为什么？"

"我没有义务满足让治的好奇心呀。既然你这么想知道，就跟踪我好了。秘密侦查可是让治最擅长的了。"

"我还不至于那样吧……不过我觉得你住的地方，肯定在这儿附近。"

"是吗，为什么这么想？"

"因为你每晚都来拿东西嘛。"

"每晚都来，也不一定就说明住在附近呀。可以坐电车，也可以坐汽车来呀。"

"这么说，你是特意从很远的地方过来的？"

"无可奉告……"

然后她巧妙地把话锋一转：

"……每晚都来，你不愿意？"

"也不是不愿意……我跟你说过不要来，你照样自己闯进来，我还有什么办法呢……"

"那是当然了。我这人就是固执，你越不让来，越是要来。……莫非你是怕我来？"

"嗯，这个嘛……也不能说一点也不怕。……"

她突然仰起雪白的下巴，张开红嘴唇，咯咯大笑起来。

"你就放宽心吧。我不会干什么出格事的，其实我更想把以前的事都忘掉，以后和让治做个普通朋友。这样可以了吗？这样你就不害怕了吧？"

"跟你做朋友，我怎么觉得怪怪的。"

"有什么可怪的？曾经的夫妻，成为朋友有什么奇怪的呢？你这种想法才是落后于时代的旧思想呢，对吧？……以前咱们的事，我真的一点都不在意了。即便是现在，我如果想诱惑让治的话，还不容易吗，早就把你拿下了。但是我发誓，绝对不做这种事。让治好不容易下了决心，我怎么忍心让你前功

243

尽弃呢？……"

"这么说，你是因为不忍心，怜悯我，才要和我做朋友的？"

"我也不是这个意思呀。其实让治只要意志坚定，就不需要我的怜悯。"

"这正是最奇怪的。我自认为现在很坚定，可是一和你来往，就有可能变软弱了。"

"真笨啊，让治。……这么说，你不愿意做朋友了？"

"是啊，不愿意。"

"不愿意的话，我可就要诱惑你啦。……我要把让治的决心踩得稀巴烂。"

奈绪美这样说着，不知是开玩笑还是说正经的，眼神古怪地冷笑起来。

"作为朋友纯洁地交往，还是受我诱惑再次丢面子，到底何去何从啊？……我今夜要逼迫让治做出选择喽。"

我心里琢磨，这个女人要和我做朋友，到底安的什么心呢？她每晚来我家，肯定不是单纯为了来戏弄我的，肯定还有别的企图。莫非是先作为朋友交往，然后逐步地收服我，以不是她主动服软的形式，重新做回夫妻的意思吗？她如果真是这么打算，即使不玩弄这种麻烦的套路，我也会马上同意的。因为在我心中，不知何时，某种情感已经开始炽热地燃烧了，那就是只要能和她做夫妻，我绝对说不出"不愿意"来的。

根据时机和场合，说不定我会主动这样提出："我说，奈绪美，做普通朋友有什么意思呢？既然做朋友，不如干脆做夫妻好了。"

可是看今夜奈绪美的样子，即便我真诚地坦言相告，她也不会轻易点头答应的。

她要是看穿了我的心思，很可能得寸进尺，说什么："这我可不敢当，还是做普通朋友最好。"

我的一片真心，万一受到那样的回应，让我情何以堪。更何况，如果奈绪美的真意并非和我做夫妻，而是企图让自己可以随心所欲，将各种各样的男人玩弄于股掌，还把我也加进去，成为其中一员的话，就更不可掉以轻心，随便表态了。现在她连自己的住所都不告诉我，可见身边仍然有别的男人，如果不明不白地恢复夫妻关系，我又会重蹈覆辙的。

于是我急中生智，也讪笑着对她说：

"做朋友也可以啊，我可受不了你的威逼。"

因为我也打着自己的小算盘。和她作为朋友来往的话，可以慢慢摸清她的真意。倘若她还存有一点真心诚意，到时候再向她袒露心曲，说服她回来做夫妻也不迟，而且还能提出比现在更有利的条件呢。

"你同意啦？"奈绪美说着，有些挑衅地审视着我的脸，"不过，让治，真的只是普通朋友噢。"

"那是当然。"

"咱们都不能有非分之想啊。"

"这还用说。……不然的话，我也麻烦呀。"

"哼。"奈绪美照例冷笑了一声。

从这以后,她越来越频繁地出入我家了。傍晚刚下班回来,她就突然像只燕子似的轻盈地飞进来。

"让治,今夜你请我吃晚饭好吗?咱们是朋友嘛,吃个饭也没什么吧。"

让我请她吃西洋料理,饱餐一顿后才回去。有时候下雨的晚上,她很晚跑来,咚咚地敲寝室的门,

"晚上好。这么早就睡下了?……要是睡了,不起来也没关系。我今晚来,是想住这儿。"

说着,就擅自进了隔壁的房间,铺床睡觉。有时候,早上起来,看见她大模大样地躺在我家里,呼呼大睡呢。而且她动不动就说"咱们是朋友,没法子啊"。

那个时候,我深深感到她天生就是个淫妇,理由是,我知道她原本就风流多情,在男人们面前袒露自己的身体根本不当回事,可是平常又特别注意掩藏自己的肉体,哪怕是一点点也绝不轻易让男人看到。她这样平常日子竭力隐藏来者不拒的肉体——在我看来,正是淫妇本能地保护自己的心理作祟。因为淫妇的肉体,对于她们来说,是比什么都重要的"卖点"或"商品",所以,有些时候,反而比贞洁烈妇守护贞操更加严密,不如此的话,"卖点"的价值就会逐渐下跌。奈绪美深知其中奥妙,所以在自己曾经的夫君面前,更是将自己的身体包裹得严严实实的。那么,要问她是否始终表现得规规矩矩,也不尽然。她总是故意当着我的面换衣服,换衣服时还假装一不小心,

246

内衣滑落下来，她就"哎哟"一声，赶紧两手捂着裸露的肩头跑到隔壁房间里去。有时候她洗完澡出来，坐在镜台前，正要打开浴巾时，仿佛刚刚意识到似的，轰我出去。

"哎呀，让治，你可不能在这儿呀。快点出去吧。"

就是这样有意无意地让我时不时窥见她的些许肉体，虽说只是脖颈、胳膊肘、腿肚子、脚后跟等一鳞半爪的部位，但她的肉体比以前变得更加光鲜润泽、更加美艳诱人了，这一点绝对逃不过我的眼睛。其结果是我不得不常常在想象的世界里，剥掉她全身的衣服，不知疲倦地观瞧她那优美的线条。

"让治，看什么呢，那么入迷？"

有时候，她背对着我，一边换衣服一边问。

"在看你的身材呀，好像比以前更水灵了。"

"真讨厌，女士的身体不可以乱看的。"

"没有看呀，隔着衣服也能知道。你本来就是翘臀，最近更鼓了吧。"

"对呀，更鼓了，臀部越来越大了。不过，我的腿还是很瘦溜的，可不像大萝卜那样粗噢。"

"嗯，我记得你的腿从小就特别直。站着的时候看不到缝隙，现在还是这样的吗？"

"是啊。"

说着，她用衣物裹着身体，站直了给我看。

"你瞧，不是紧贴着吗？"

当时，我脑子里浮现出在什么照片里看到过的罗丹的雕刻。

"让治，你想看我的身体吧？"

"想看就能让我看吗？"

"那怎么行啊。你和我不是朋友吗？……好了，我要换衣服，你先出去一下。"

然后她拍着我的后背，把我推出去，啪的一声关上了门。

就是这样，奈绪美总是设法勾起我的情欲，勾引到了岌岌可危的程度后，又在前面设置严实的关卡，不让我再前进一步。我和奈绪美之间隔着一道玻璃墙壁，无论看起来多么接近，仍旧是不可逾越的。倘若不小心伸出手去，必然会戳到那面墙壁，即使焦躁万分，也是不可触碰她的身体的。有时看奈绪美的样子，像是要去掉这面墙，我就想"咦，可以了吗"，可是往前一走，墙壁又还原了。

"让治，真是好孩子，让我吻你一下吧。"

她常常半开玩笑地这么说。我明知她是开玩笑，可是当她向我嘟嘴过来，我也去吻它时，在即将接触的刹那间，她的嘴唇却躲开了，隔着两三寸远，对着我的嘴吹了口气。

"这是朋友之间的接吻。"

这么说着，她嘻嘻一笑。

以这种别出心裁的"朋友式接吻"寒暄——必须满足于只吸进女人的气息，代替吮吸她的嘴唇的不可思议的接吻——后来变成了习惯，每次分别的时候，她就说：

"那就再会啦，回头我还来。"

说完，她将嘴唇向我伸过来，我也把脸凑近它，宛如把吸入器伸过去那样张开了嘴。她朝我的嘴里呼地吹了一口气，我深深地把这口气吸进去，闭着眼睛，香甜地咽下去。她的气息潮湿而温暖，不像是从人的肺里呼出来的，带着甜甜的花香。——后来才知道，她为了挑逗我，在嘴唇上悄悄抹了香水，可是这种把戏，当时我自然不知道。——我以为一旦变成像她这样的妖妇，大概连五脏六腑都和一般的女人不一样了，因此通过她的体内，到达其口腔里的空气，就会变得这么幽香四溢吧。

我的头脑就这样渐渐地被她蛊惑，被她随意耍弄着。我现在已经无心再说什么"必须正式结婚才行""总是被你当猴耍可受不了"之类的话了。说实在的，我一开始就知道会是这样的结果，所以，如果真是害怕被她诱惑的话，我完全可以不跟她来往，可我却说什么"为了探究她的真意""为了寻找有利的时机"等等，其实都不过是自欺欺人的借口。我嘴里说害怕被诱惑，心里巴不得被诱惑呢。可是，她没完没了地跟我玩"做朋友游戏"，绝不进一步诱惑我。这恐怕是她让我感到后悔不迭的策略，让我懊恼得无以复加，"火候差不多了"的时候，就会突然摘下"朋友"的假面，伸出她最擅长的魔手。马上她就会出手的，她绝不会就此罢手的，我只要将计就计便可。她说"过来"，我就"过来"，说"等着"，我就"等着"，一切都遵从她的指令表演的话，最终一定能够捕获猎物的。尽管我每天都自以为是地这样预感，却始终未能如愿。虽然心里猜想着"她今日就会摘下假面吧，明天就会伸出魔手吧"，然而到了那一天，总是在千钧一发之际，被她巧妙地逃脱了。

到了这个地步，我真的开始悔了。我恨不得对她说："我实在是受不了了，想诱惑我的话，就快点吧。"我将自己全身的漏洞都暴露给她，到最后，我甚至设法去勾引她，可是她依然对我置之不理。

"干什么呀，让治！这不符合咱们的约定呀。"

奈绪美以哄小孩般的眼神呵斥我。

"约定又怎样，我已经……"

"不行不行！咱们是朋友呀！"

"喂，奈绪美……不要这么说……求你了……"

"哎呀，真是烦人呢！就是不行！……好吧，给你个吻替代一下。"

她照例对着我呼出一口气，说：

"这样可以了吗？只能先这样克服一下了。即便如此，也超出了朋友，因为是让治，才特别关照呢。"

可是这个"特别"的爱抚方式，反而格外刺激了我的神经，根本不能使我平静下来。

"混蛋！今天又没戏了？"

我变得越发焦躁了。她像一阵风似的走掉后，好半天我什么也干不下去，自己跟自己生气，犹如关进笼子里的猛兽，在房间里转来转去，胡乱摔东西来发泄怨气。

我被这种发疯似的、男人的歇斯底里折磨着，由于她每天都来，所以我每天都要这样发作一次。加上我的歇斯底里与众不同，即便是发作之后，心情也不会得到放松。情绪安定下来后，反而比发作之前，更加清晰、更加执拗地回想起奈绪美肉体的每个细微之处。比如她换衣服时，从和服下摆露出的小腿；对我的嘴吹气时近在咫尺的嘴唇，等等。这些情景，事后回放时反而比当时更加鲜明，随着她的嘴唇和腿的线条，逐渐漫然想象起来。奇妙的是，连不曾看到的部分，竟然都宛如洗照片时显影一般慢慢浮现出来，最后宛如大理石维纳斯雕像的影像，骤然在我黑暗的心底现身了。我的头脑就是个天鹅绒帷幕环绕的舞台，那里有个名叫"奈绪美"的女演员登场了。从四面八方聚来的舞台照明，用圆圆的明亮光柱，清晰地包裹着在黑暗中摇曳的她的白皙身体。我全神贯注地凝视着她时，她的肌肤上发出的光越来越强，有时火热得险些燎到我的眉毛。就像电影的"特写镜头"那样，她的每个部分都被放大得非常清晰……这个幻影，刺激我的官能的真实程度，与实物毫无不同，不足之处只是不能用手触摸这一点，其他方面都比实物生动得多。由于凝视得过于专注，到最后我只觉得天旋地转，身体里的血液一股脑地往上涌，心脏怦怦地狂跳起来，结果再次歇斯底里大发作，我踹倒椅子，揪掉窗帘，摔碎花瓶。

　　我的幻觉变得一天比一天疯狂了，只要是闭上眼睛，总是看见奈绪美待在黑黑的眼皮里面。我常常回想着她那芳香的气息，向虚空张开嘴，哈地吸入一口空气。无论是走在街上，还是蛰居在房间里时，只要一思念她的嘴唇，我就立刻仰天哈哈地呼气。我只觉得所看到之处都有奈绪美的红唇，满屋子的空气都是奈绪美的气息。就是说，奈绪美就像是个无处不在的，纠缠我，折磨我，听着我的呻吟，嘲讽地瞧着我的恶灵般的东西。

"让治最近好奇怪啊。好像不大正常似的。"

一天晚上，奈绪美来了，这样说道。

"当然不正常了。被你这样折磨的话……"

"哼——"

"你哼什么呀？"

"我要严格遵守约定呀。"

"打算遵守到什么时候呢？"

"永远遵守。"

"开玩笑。这样下去，我会变成精神病的。"

"那么，我教你一着儿吧，用冷水冲脑袋。"

"喂，你真打算……"

"又来了！因为让治用那样的眼神看我，所以我更想要戏弄你啦。不要靠我这么近，离我再远一点。一根指头也不许碰我噢。"

"至少给我一个朋友的吻吧。"

"老老实实的话，可以给你，不过，回头你不会歇斯底里发作吗？"

"发作就发作吧，我已经顾不了那么多了。"

二十七

那天晚上，奈绪美让我坐在桌子对面，以便"一根手指也不碰到"，笑吟吟地瞧着急不可耐的我，东拉西扯地说了一晚上，直到敲响十二点时，她照例用讥讽的口吻说道：

"让治，今夜我也要住下哟。"

"好，住下吧，反正明天是星期日，我一整天都在家。"

"别误会啊。就算我住在这儿，也不会让让治随意摆布的。"

"请不必担心，你也不是那种乖乖听话的女人嘛。"

"要是的话，不就正合你的意了吗。"

这样说着，她哧哧发笑："好了，你先去睡吧。最好不要说梦话噢。"

奈绪美把我轰到二楼去，然后走进隔壁的房间，吧嗒一声锁上了门。我自然因为她在隔壁屋里，不会很快就睡着。以前，我们还是夫妻的时候，哪会这样分开睡觉呢，她总是躺在我旁边，这么一想，我不禁深感懊悔。在一墙之隔的那一头，奈绪美一直把地板踩得吧嗒吧嗒响——多半是故意的吧——又是铺被褥，又是拿出枕头的，准备要睡觉。啊，她现在大概正把头发散开吧，现在可能在换睡衣吧，这一套动作，我太熟悉了，不看也知道。然后她啪地掀开被子，紧接着就是咚的一声，她的身体躺倒在床铺上。

"怎么这么大动静啊。"

我半是自言自语似的说，故意让她听见。

"还没睡吗？是不是睡不着啊？"

墙那边，奈绪美立刻问道。

"是啊，怎么也睡不着。……我在想心事呢。"

"呵呵呵，让治在想什么心事，不用问我也大概知道。"

"说来也真是奇怪了。现在你就躺在这面墙的那边，可我居然一点办法也没有。"

"一点也不奇怪呀。以前不就是这样的吗？就是我第一次到让治这儿来的时候。……那时候，咱们不是也像今夜这样睡的吗？"

听奈绪美这么一说，我不禁有些伤感。是吗，我们也曾经有过那样的时候吗？那个时候，我们的感情是多么纯真无瑕啊。不过，这伤感并没有能够克制此刻的冲动，反而使我慨叹联结我们二人的因缘之深，痛感自己永远也离不开她。

"那个时候，你多么天真无邪啊。"

"现在我还是特别天真无邪的呀。天真有邪的是让治啊。"

"你想怎么说就怎么说吧。反正我是打算追你到天涯海角了。"

"呵呵呵——"

"喂！"我咚地敲了一下墙壁。

"哎哟，你干什么呀？这儿可不是前不着村后不着店的人

254

家噢。请你安静一点！"

"这墙壁太碍事了。我恨不得把它打破。"

"真是吵死人。今夜耗子闹翻天了。"

"那可不吗？这只耗子已经歇斯底里了。"

"我讨厌那种老头儿耗子。"

"胡说！我可不是老头儿，我才三十二岁啊。"

"可我才十九岁呀。在十九岁的人眼里，三十二岁的人就是老大爷嘛。说正经的，我看你不如再娶个太太吧，那样说不定你的歇斯底里就好了。"

不管我说什么，说到最后奈绪美总是哧哧地笑。这样说了会儿话，她说了句：

"我睡了啊。"

就假装打起呼噜来了，但不久好像真的睡着了。

第二天早上，我睁开眼睛一看，奈绪美穿着衣衫不整的睡衣，坐在我的枕旁。

"你怎么了？昨夜让治可真够闹腾的。"

"嗯，最近我经常那样歇斯底里大发作。你害怕了？"

"很好玩啊，再那样发作一下给我看看吧。"

"已经好了。今天早上就彻底好了。……啊，今日真是个好天气啊。"

"既然是好天气，那就起来呀？已经十点多了。我一小时前就起来了，刚刚去泡了个澡回来了。"

我听了，躺在床上仰头观瞧她的出浴之美。所谓女人的"出

255

浴之美"——要说女人出浴后最美的时候，并非刚刚出浴时，而是过一会儿为最，差不多十五分钟或二十分钟吧。无论皮肤多么好看的女人，手指也会因澡水浸泡，而变红发胀，等到身体温度恢复正常后，皮肤才会如同蜡凝固后那样变得透明起来。奈绪美因为刚才从澡堂子回来的路上，被外面的风吹了吹，所以正是出浴后最美丽的瞬间。那娇嫩轻薄的皮肤还蕴含着水汽，冰清玉洁的，隐藏在和服衣襟里的胸部，呈现出犹如水彩画颜料那样的紫色暗影。她面色红润，脸上仿佛糊了张明胶面膜似的熠熠发光，只有眉毛湿漉漉的，在她的头上方，冬日晴朗的湛蓝天空，透进窗户化为淡淡的青色。

"怎么回事，一大早就去泡澡？"

"跟你有关系吗，多管闲事。……啊，真舒服啊。"

她用手啪嗒啪嗒轻轻拍打着鼻翼，然后突然把脸伸到我的眼前。

"喂！你好好看看，我脸上长胡子了没有？"

"啊，长胡子了。"

"我顺便去趟理发店，刮个脸回来就好了。"

"你不是说不喜欢刮脸吗？西洋女人绝对不刮脸的。……"

"不过，最近美国很流行女人刮脸呢。你看看我的眉毛，美国女人都把眉毛修成这样的。"

"哈哈，是吗？原来前几天你的脸变了样，连眉毛都变细了，就是这样修出来的呀？"

"是啊。现在你才明白，太老土啦。"

奈绪美说着，好像在想什么其他事情，

"让治，你的歇斯底里真的已经好了吗？"

她突然这样问道。

"嗯，好了呀。为什么问？"

"好了的话，我有事请让治帮忙。……我现在懒得去理发店了，你给我刮刮脸好吗？"

"你让给你刮脸，是存心让我又发病吧？"

"哎呀，不是那个意思，我真的想拜托你帮忙呢。这点忙你还是会帮的吧？当然了，要是惹你歇斯底里发作，把我的脸刮破了，我可就倒霉了。"

"把我的安全剃刀借你用，你自己刮脸不行吗？"

"自己可刮不了。光是脸还好办，要从脖子一直刮到肩膀后边呢。"

"什么？干吗要刮那些地方？"

"这还用说吗？穿晚礼服的话不是连肩膀都要露出来吗？"

奈绪美说着，故意露出一点雪白的肩头。

"你看，要刮到这儿呢，自己根本刮不了呀。"

然后她又慌忙把衣服拽上遮挡住肩头，这虽然是她惯用的一手，可对我来说依然是难以抗拒的诱惑。奈绪美那家伙，根本就不是想刮什么脸，纯粹是想要戏弄我，故意去泡澡的。——我虽然心知肚明，但让我给她刮毛，毕竟是迄今未有过的新挑

257

战。只有今日，我才能趁机贴近她，仔仔细细看清她的皮肤，当然也可以触摸了。只是这么想想，我就没有勇气拒绝她的要求。

奈绪美让我为她在瓦斯炉上烧开水，然后把开水倒进洗脸盆里，更换吉列刀片，等等。我做这些准备的时候，奈绪美自己把矮桌拿到窗户边，在桌上摆上一面小镜子，然后一屁股坐在榻榻米上，把长长的白色毛巾缠在领子上。可是，当我来到她身后，将高露洁肥皂棒浸湿后，正要开始刮的时候，她开口说：

"让治，你愿意给我刮脸当然好，不过我有一个条件。"

"条件？"

"是的。也不是什么很难的事。"

"什么事啊？"

"你要是以刮脸为名，到处乱摸，我可不愿意。就是说，刮的时候，一点都不能碰到我的皮肤。"

"可是……"

"可是什么呀？不碰到皮肤不是也能刮吗？肥皂可以用刷子抹，剃刀使用的是吉列牌的……即使去理发店，手艺好的师傅都不会碰到皮肤的。"

"你拿我和理发店的师傅比，我可干不了。"

"说得真好听，其实心里可想给我刮呢！……你要是不愿意的话，我也不强求。"

"没有不愿意啊。可别这么说，就让我给你刮吧。再说我都已经准备好了。"

我盯着奈绪美袒露着的长长的后脖子，也只能这么说。

"那么，你接受这个条件了？"

"嗯，接受。"

"绝对不许碰到啊。"

"嗯，不碰。"

"如果碰到一点，就得立刻停止。把你的左手好好放在膝上。"

我照她说的，把左手放在膝上，然后使用右手，从她嘴边开始刮。

她好像陶醉于被剃刀抚弄的快感中似的，眼睛盯着镜子，很乖顺地让我刮着。我的耳朵里，听到的是她睡觉时发出的那种香甜的呼吸；我的眼睛里，看到的是在她的下巴下面跳动着的颈动脉。我离她的脸近得几乎可以碰到她的睫毛。明媚的晨光照射着窗外干燥的空气，她脸上的一个个毛孔都被照得清晰可数。我从来没有在这般明亮的地方，这样长久地而仔细地凝视过自己所爱的女人的面部。这么细细端详时，渐渐觉得她那美貌容颜，以巨人般宏大的体积逼近了我。那双修长的眼睛、漂亮屋脊般笔直的鼻梁、从鼻子到嘴唇间两条凸线，凸线下方饱满而玲珑的红唇。啊，这就是叫作"奈绪美的脸"的一种奇妙的物质吗？难道就是这个物质令自己烦恼不已吗？……我越想越觉得不可思议。我不由得拿起刷子，往那个物质的表面一股脑地涂抹起肥皂泡来。可是，无论我怎样用刷子来回刷，它依旧安静地、毫不抵抗地、以柔软的弹性颤动着。……

……我手里的剃刀，像银色虫子爬行似的爬下光滑的皮肤，从脖颈往肩部移去。她那丰满的后背，犹如一堆雪白的奶酪那样，赫然进入了我的视野。她倒是每天看自己的脸，可是，她知不知道自己的后背这般美丽呢？她恐怕是不知道的。知道得最清楚的人是我，我曾经每天让她泡澡，给她洗后背。那时候也是像今天这样抹上好多肥皂泡。……这是我已埋葬的恋情。我的手，我的手指，曾经在这凄美妖艳的白雪上嬉戏，尽情地踩踏过这里。现在，那上面或许还留有痕迹。……

"让治，你的手在颤抖呢。再稳着点。……"

奈绪美突然开口说话了。我的脑袋嗡嗡作响，口中发干，身体奇怪地颤抖不止，我自己都感觉到了。我忽然意识到"我真是疯了"。我拼命控制自己，只觉得脸上一阵发热、一阵发冷的。

但是奈绪美的恶作剧没有到此为止。肩部刮干净之后，她卷起袖子，高高抬起胳膊肘，说：

"下面该腋下了。"

"什么，腋下？"

"是啊……穿洋装，就得刮腋下呀。不然的话，被人看到多没礼貌啊。"

"故意的！"

"怎么故意了？你有毛病吧。……我觉得身上开始发凉了，你动作快点吧。"

她话音未落，我突然扔掉剃刀，抱住了她的胳膊肘——说是抱住，准确地说应该是咬住了。奈绪美似乎早有准备，马上用那只胳膊肘推开了我，但我的手指仍然触到了她，因沾了肥皂而打滑。她再次用力把我朝墙上一推，尖叫一声"你干什么！"，站了起来。

我一看，她的脸色变得——大概因为我的脸是惨白的吧，——她的脸也是惨白的。

"奈绪美！奈绪美！不要再折磨我了！好吗！我什么都听你的！"

自己说了些什么，我完全记不得了，就像发高烧说胡话似的飞快地诉说着。而奈绪美则一动不动地站着，惊愕地瞪着我，不说一句话。

我匍匐在她的跟前，跪着说：

"你怎么不说话！说句话呀！要不然就杀了我吧！"

"疯子！"

"疯子不好吗？"

"谁愿意搭理疯子呀。"

"那你就把我当马骑吧。就像以前那样骑在我的背上。不愿意搭理我的话，把我当马骑就行！"

说着，我就趴在了地板上。

一瞬间，奈绪美以为我真的发疯了呢。她的脸此时变成了

261

青紫色，死死盯着我的眼睛里，有着近乎恐怖的神色。可是，她马上露出大胆不羁的表情，猛地跨到我背上，声音似男人的er语调，说：

"这样可以吗？"

"嗯，可以。"

"从今往后什么都听我的吗？"

"嗯，都听你的。"

"我要多少钱，你就给我多少钱吗？"

"给。"

"让我想干什么就干什么，不许处处干涉，好不好？"

"好。"

"不要叫我'奈绪美'，要叫'奈绪美小姐'，行不行？"

"行。"

"你保证？"

"我保证。"

"那好，看你可怜，就把你当人吧，不当马骑了。……"

于是我和奈绪美搂在一起，浑身都是肥皂泡了。……

"……这回终于成为夫妻了，我再也不放你走了。"我说道。

"我要是走了，你这么难过吗？"

"是啊，苦恼极了。有一段时间，我以为你再不会回来了呢。"

"怎么样？这回领教我的厉害了？"

"领教了。实在是领教了。"

"那好，刚才说的，可不要忘了啊。我想干什么就干什么。……虽说是夫妻，我可不喜欢做那种受约束的夫妻噢。做不到的话，我还要走的。"

"那咱们以后还是以'奈绪美小姐''让治'相称了？"

"经常让我去跳舞吗？"

"嗯。"

"交好多朋友也可以吗？不像以前那样抱怨了？"

"嗯。"

"不过，我和阿熊已经绝交了。……"

"什么？和熊谷绝交了？"

"是的。那家伙实在太讨厌了。……以后我想尽量多认识洋人，比日本人有意思。"

"就是那个横滨的马卡内尔吗？"

"洋人朋友，我可不缺。即便那个马卡内尔，其实也是一般的朋友。"

"哦，谁知道呢……"

"瞧瞧，你总是这样怀疑别人可不好。我这样说了，你就要相信我。好不好？你说！相信还是不相信？"

"相信！"

"除此之外，我还有别的希望呢……让治辞了工作以后，打算做什么呢？"

"我打算被你抛弃以后，回乡下生活的，既然你回到我身边，我就不回去了。把乡下的财产处理一下，换成现金拿过来。"

"换成现金有多少呢？"

"能拿出来的，差不多有二三十万吧。"

"就这么些？"

"有这些钱，咱们两个人，不是足够了吗？"

"能尽情享受，不用工作了吗？"

"不工作可不行。……你可以不工作，我打算开个事务所，自己干一番事业。"

"把钱全都投进你的事业里去，可不行，必须把给我花销的费用另外给我留出来。好吗？"

"可以。"

"那么，给我留出一半吧？……有三十万日元的话，就是十五万日元，二十万日元的话，就是十万日元……"

"你算得可真细啊。"

"那是当然了。事先就得讲好条件。……怎么样？你同意了？你来这一手，是不是不愿意要我当你的太太？"

"没有不愿意啊……"

"不愿意就直说啊，现在还来得及。"

"你就放心吧……我不是说同意了吗……"

"我还没说完呢……既然这样，这个家就没法住了，换个更漂亮、更洋气的家吧。"

"那是当然。"

264

"我，想在有西洋人的街道上，租个西式房子，住在有漂亮的寝室和餐厅的房子，再雇个厨师或服务生……"

"那样的房子，东京有吗？"

"东京虽然没有，横滨有啊。横滨的山手正好有一套空房子要出租呢，前几天我就看好了。"

此时我才明白，她是个心机很深的女人。原来奈绪美从一开始就打好算盘，投下诱饵，钓我上钩的。

二十八

下面要讲的，是三四年之后的事了。

我们后来搬到了横滨，虽然租住在奈绪美事先看好的山手地区的洋房，可是，奈绪美过惯了奢侈生活，渐渐地连那座房子也嫌小了，不久又搬到了本牧的一个瑞士家庭住过的房子里，还买下了原来的所有家具。由于那次大地震，山手那边几乎是一片废墟，唯独本牧这里许多房屋幸免于难。我们的房子也几乎完好无损，只是墙壁有点裂缝，简直是太幸运了。所以，我们至今还住在那座房子里。

后来，我按计划辞掉了大井町的工作，处理了乡下的财产，和学校时代的两三个同窗一起，开了个以销售电机为业务的合资公司。我是这个公司的主要出资人，而实际业务大都由朋友代劳，因此，不用每天去事务所。可是不知什么缘故，奈绪美不喜欢我整天在家，所以我每天早上，不得不十一点从横滨去东京一趟，在京桥的事务所待上一两个小时，一般在下午四点左右就回家了。

从前我是非常勤奋的，早上起得很早，可是近来，不到九点半或十点，我不起来。一起床就马上穿着睡衣，轻手轻脚地走到奈绪美的卧室门口，轻轻地敲门。可是奈绪美比我起得还晚，此时还没醒明白呢。

她有时候轻轻"嗯"一声，有时候还没有睡醒。只要听到她回答，我就进屋去跟她打个招呼，没有答应的话，我就转身离开，直接去事务所了。

我们不知从什么时候开始，分房而睡了。最初是奈绪美提议的。她说什么"女人的闺房是神圣的，即便是丈夫，也不可随意进入"，自己占据了宽敞的一间，把隔壁的小房间给了我。虽说是隔壁，两个房间并非挨着的，中间还隔着夫妻专用的浴室和厕所。也就是说，隔着一段距离，从一个房间去另一个房间，要经过浴室和厕所。

奈绪美每天早上都要磨磨蹭蹭地赖到十一点多才起，在床上又是抽烟又是看报刊。抽的烟是德米特里诺牌子的女士细烟卷，看的报纸是《都新闻》，此外还有传统或流行的服装杂志。其实她并不看内容，而是一张一张地仔细看其中的照片，主要是看洋装的做工和式样。她的房间，东面南面都有窗户，露台下面就是本牧的海景，从早上开始就非常明亮。奈绪美的床铺，按照日本房间的尺寸，足有二十叠，占据了宽大房屋的正中央，而且并不是普通的便宜床铺。是某国驻东京的大使馆卖出的带有天盖的、垂着白色纱帘帷幔的床铺。买下它以后，也许是奈绪美觉得躺着更加舒服吧，比以前更喜欢赖床了。

她洗脸之前，在床上喝红茶和牛奶。其间，女佣准备好洗澡水。她起来后，先泡个澡，出浴后再躺下，让女佣按摩。然后梳头发，剪指甲，常说是"化妆七件套[1]"，我看绝不止七个，而是用多达几十种的药和器械在脸上折腾，去餐厅吃饭大约一点半了。

吃完午饭之后，整个下午，奈绪美几乎无事可干。晚上或是去赴宴，或是请客人来，不然的话，就去饭店跳舞，总是有所安排，所以，到了时间，她就重新化妆，换上和服。如果是晚宴，就更不得了了，要泡澡沐浴，然后让女佣帮着，将浑身上下涂抹白粉。

奈绪美的男友经常更换。浜田和熊谷后来再也没有来过，有一阵子，她好像很中意那个马卡内尔，但他很快就被一个名叫迪根的男人替代了。迪根之后，又交上了叫作尤斯塔斯的朋友。这个尤斯塔斯，是个比马卡内尔还要令人不愉快的家伙，特别会讨奈绪美的欢心，有一次，我在舞会上揍了尤斯塔斯一顿来发泄。结果把舞场闹翻了天，奈绪美站在尤斯塔斯一边，骂我是"疯子！"我越来越狂躁，拼命追赶尤斯塔斯。大家抱住我，大声喊着"乔治！乔治！"——我的名字是让治，西洋

1　日本语中的"七件套"有多种含义，在此处是"化妆七件套"，一般指剪子、小刀、针、挖耳勺、拔毛夹、发卷、指甲刀。

人叫成了"George"，听起来和"乔治"差不多。——从那以后，尤斯塔斯就再没有来我家了，可是同时，奈绪美又给我提出了新条件，我也只能服从。

尤斯塔斯之后，又出现了第二个、第三个尤斯塔斯，这是毋庸置疑的，如今，我已经老实得连自己都觉得不可思议了。人这种东西，看来只要遭遇一次可怕的事情，那件事就会成为强迫观念，永久留在头脑里，因为我至今都不曾忘记过奈绪美出走时品尝的那种可怕感受。她那句"这回领教我的厉害了？"，至今还回响在我耳边。奈绪美的轻浮和任性，我是早就知道的，但除去这个缺点，她的价值也就没有了。我越是觉得她是个轻浮的家伙、任性的家伙，就越是觉得她可爱，并深深陷进她的圈套里。因此，我醒悟到，越是气恼，就越是输给了自己。

人一旦丧失了自信，便无药可救了，眼下，我连英语也远远比不上她了。也许是她经常跟洋人交往，自然而然就地道了吧。在晚会上，她操着流利的英语，八面玲珑地和那些妇人、绅士应酬寒暄，她本来发音就好，加上洋腔洋调的，我常常听不懂。她还动不动就模仿洋人，叫我"乔治"。

关于我们夫妻的记录，就到此结束了。看过之后，觉得愚不可及的人尽管嘲笑我吧；觉得可以吸取教训的人，请引以为戒吧。我自身因为迷恋奈绪美，随诸位怎么看，都无所谓了。

奈绪美今年二十三岁，我是三十六岁。

图书在版编目（CIP）数据

痴人之爱 /（日）谷崎润一郎文；竺家荣译 . -- 北京：
北京联合出版公司, 2019.2
（雅众日本文学 . 谷崎润一郎系列）
ISBN 978-7-5596-2806-0

Ⅰ . ①痴… Ⅱ . ①谷… ②竺… Ⅲ . ①长篇小说—日
本—现代 Ⅳ . ① I313.45

中国版本图书馆 CIP 数据核字 (2018) 第 258581 号

痴人之爱

作　　者：[日] 谷崎润一郎
译　　者：竺家荣
策 划 人：方雨辰
特约编辑：陈希颖　吴志东
责任编辑：昝亚会　夏应鹏
封面设计：尚燕平

北京联合出版公司出版
（北京市西城区德外大街83号楼9层　100088）
北京联合天畅文化传播公司发行
北京盛通印刷股份有限公司印刷　新华书店经销
字数158千字　910毫米×1260毫米　1/32　8.5印张
2019年2月第1版　2019年2月第1次印刷
ISBN 978-7-5596-2806-0
定价：48.00元